ro
ro
ro

«Die Geschichte liest sich anregend und bietet einen Einblick in das – durch die Romantik aufgeheizte – Gefühlsleben im frühen 19. Jahrhundert.» (Der Tagesspiegel)

Dagmar von Gersdorff, geboren 1938, promovierte über Thomas Mann, gab einen umfangreichen Bildband über «Liebespaare» heraus, schrieb die vielbeachtete Biographie «Goethes Mutter» und ist Mitautorin von «Deutsche Schwestern. Vierzehn biographische Porträts» (rororo 60710). Überdies erschien «Königin Luise und Friedrich Wilhelm III. Eine Liebe in Preußen» (rororo 22615). Dagmar von Gersdorff hat drei Kinder und lebt in Berlin.

Dagmar von Gersdorff

Bettina und Achim von Arnim

Eine fast romantische Ehe

Rowohlt Taschenbuch Verlag

Veröffentlicht im Rowohlt Taschenbuch Verlag GmbH,
Reinbek bei Hamburg, September 2002

Umschlaggestaltung any.way; Cathrin Günther
Umschlagabbildungen: Archiv für Kunst und Geschichte,
Berlin (Achim von Arnim) / Ullstein Bilderdienst (Bettina von Arnim)
Gesamtherstellung Clausen & Bosse, Leck
Printed in Germany
ISBN 3 499 23240 5

Inhalt

Du bist mein schwarzer Stein
mit Deinen dunklen Augen,
Du enthältst auch mein Ja zur Schöpfung,
und Dich will ich küssen,
um dieses Jas wieder erinnert zu werden.
Achim von Arnim
an Bettina, 1818

Für Isabella und Rüdiger

«Die Rabenschwarze mit ihren Locken der Nacht»

Der erste Blick. 1802

Ein schöner, beredsamer, lieblicher Mund deutet auf einen Dichter... nicht zu große, aber scharf blickende Augen deuten auf einen scharfsinnigen Geist...
(Bettina Brentano zu Arnims Porträt)

Goethe persönlich hatte die Fäden geknüpft. Ohne es selber zu ahnen, brachte er Achim von Arnim und Clemens Brentano zusammen, die beiden Volkslied-Sänger der Romantik, deren gemeinsames Werk *Des Knaben Wunderhorn* sie weithin berühmt machen sollte, und lange bevor Brentanos Schwester Bettina ihn, Goethe, zum Idol und Leitstern erkor, war er es, bei dem ihrer aller Lebenslinien sich kreuzten und wie in einem Brennpunkt zusammenliefen. Die «heimliche Heirat» der verwöhnten und eigenwilligen Bettina Brentano mit dem begabten und bewunderten Freund ihres Bruders kam – in mehr als einer Hinsicht – durch Goethe zustande; die Verbindung wurde zu einer der ungewöhnlichsten und merkwürdigsten Ehen ihrer Zeit.

Es begann damit, daß Clemens Brentano, zweiundzwanzig Jahre alt, zum Studium der «Staatswissenschaften» nach Göttingen ging, nachdem er es zuvor in Jena schon mit Medizin versucht hatte – erfolglos, denn der junge Feuerkopf interessierte sich mehr für die Welt der Literatur als für seine eigenen Studienfächer und trat bald auch selbst mit einem höchst romantischen Werk hervor, dem «verwilderten Roman» *Godwi oder das steinerne Bild der Mutter.* Zur Poesie trieb ihn auch die leidenschaftliche Liebe zu einer ebenso schönen wie unglücklich verheirateten Dichterin: Sophie Mereau, seine spätere Frau. Ihr tägliches Zusammensein – er aß bei ihr zu Mittag – brachte ihn zu dem Entschluß einer «freien poetischen Existenz»: der Kaufmannssohn wollte Dichter werden. Vormund Franz befahl eilig den Wechsel von Studienort und -fach, Clemens gehorchte und ging von Jena nach Göttingen, doch konnte er weder Sophie noch seinen Dichterwunsch vergessen, und zum Kaufmann war dieser Brentano erst recht nicht geboren.

In Göttingen studierte damals auch der zwanzigjährige Naturwissenschaftler Karl Joachim Friedrich Ludwig Freiherr von Arnim. In Berlin, wo er am 26. Januar 1781 geboren worden war, hatte er das renommierte Joachimsthalsche Gymnasium absolviert, in Halle Rechtswissenschaft, in Göttingen Mathematik und Physik studiert und sich durch die Veröffentlichung physikalischer Forschungen bereits einen guten Ruf erworben, der die naturwissenschaftliche Laufbahn nahelegte – wäre er nicht, wie Clemens Brentano, in den Bannkreis der frühromantischen Dichter Schlegel und Tieck geraten. Physik und Chemie traten in den Hintergrund, Achim von Arnim begann zu schreiben und veröffentlichte 1802 seinen ersten, an Goethes *Werther* orientierten «Roman»: *Hollins Liebeleben.* Denn Goethe war der Abgott. Bei seinem Besuch in Göttingen im Juni 1801 überreichte ihm Arnim seine Schrift über Galvanismus, und es waren die Studenten Achim und Clemens, die trotz offiziell ergangenem Jubelverbot in stürmische Vivatrufe ausbrachen. Noch am gleichen Abend sahen sie sich bei einem Gartenfest wieder, und es entstand eine Freundschaft, deren Intensität alle Krisen und Erschütterungen des Lebens überdauern sollte: Brentanos erste Ehe mit Sophie Mereau ebenso wie seine katastrophale zweite Heirat mit der exaltierten Auguste Bußmann. Die Freundschaft zu Achim von

Arnim wurde zum einzigen Fixpunkt in Brentanos zerrissenem Leben. Ihre kongeniale Verbindung führte von ersten jugendlichen Plänen zu produktiven Ergebnissen, zu Erzählungen, Gedichten und einer gemeinsam konzipierten Zeitschrift. Die Zusammenarbeit gipfelte 1806 in *Des Knaben Wunderhorn*.

Von Anfang an hatte Clemens nur einen Wunsch: den neuen Freund mit seiner Schwester – in seinem Roman «die Rabenschwarze mit ihren Locken der Nacht» – zusammenzubringen. Das Ziel war klar: durch sie sollte «der Herzbruder Arnim» dem Hause Brentano verbunden bleiben. Denn Clemens liebte Bettina, seit er sie nach jahrelanger Trennung – er war Kaufmannslehrling, sie Internatsschülerin – bei der Großmutter wiedersah: sie sprang auf und küßte den fremden jungen Mann, der ihr Bruder war. Er glich ihr mit seinen dunklen Locken aufs Haar, war spontan, temperamentvoll und unruhig wie sie. «Ruhig sein kann ich nicht», hat Bettina erklärt, «meine Seele ist eine leidenschaftliche Tänzerin, sie springt herum nach einer innern Tanzmusik, die nur ich höre…» Ihr Wesen schien Clemens sofort vertraut, sie war seine Entsprechung, «ein schöneres Bild meiner selbst». Er schrieb der Sechzehnjährigen: «Ich liebe dich so innig, du bist mir so ähnlich, ich habe so vieles schmerzhaft erfahren… laß mich diese Schmerzen nicht umsonst erlitten haben.»

In der Familie waren sie und der «zwillingsgleiche» Bruder die Außenseiter, zwei Paradiesvögel, die die «Geldklimperei» der Kaufmannsbrüder verachteten und nur taten, was sie wollten. Ihre geheime Übereinkunft war hilfreich und beglückend, machte sie aber auch anmaßend und überheblich.

Der Name *Bettina* war selbstgewählt. Ihre Briefe unterschrieb sie mit *Bettine*. In Wirklichkeit erhielt sie, die am 4. April 1785 geboren worden war, die Namen *Catharina Elisabeth Ludovica Magdalena* und werde «vulgairement genannt Bettina», erklärte sie Savigny, der im Begriff stand, ihr Schwager zu werden. Auch ihre Mutter hat in ihrem Haushaltsbüchlein den Namen ihres siebten Kindes mit *Bettina* notiert. Bei ihrer Geburt lebte im Frankfurter Haus *Zum Goldenen Kopf* in der Großen Sandgasse bereits eine beachtliche Schar von dreizehn Kindern, die aus den zwei Ehen des Vaters Peter Anton Brentano stammten. Er war es, der die schwarzlockige Jüngste zärtlich *Elisabettina* rief, woraus die Koseform *Bettina* wurde.

Mit brüderlicher Begeisterung diente Clemens also die Siebzehnjährige, die er schon Freund Savigny zugedacht hatte, dem «Herzbruder» Arnim an («das Einzige, wo ich alles tauge... ist meine Schwester Bettine»). In seinem Überschwang verhielt er sich wie eine alte Kupplerin, die es darauf anlegt, zwei junge Leute vorteilhaft zu verbinden. Doch seine Anpreisungen bewirkten nur, daß beide, als sie sich im Juni 1802 im blühenden Garten des großmütterlichen Hauses in Offenbach gegenüberstanden, ihre Unbefangenheit verloren hatten. Arnim, der schon die Bekanntschaft bedeutender Männer wie Schiller, Goethe und Tieck gemacht, in Wien die große Welt genossen hatte, kam sich diesem schmalen, auftrumpfenden Mädchen gegenüber wie ein Schüler vor, dem die Worte fehlen. Um so quirliger, geschwätziger und gewandter war Bettina. Sie zeigte ihre Belesenheit, sprach von Schiller, sagte Überraschendes zum *Wilhelm Meister*, lachte über Achims schäbigen Anzug und seine wolligen Haare, gab sich abwechselnd zutraulich und widerborstig – er wurde nicht klug aus ihr.

«Von kleiner, zarter und höchst symmetrischer Gestalt» war sie, mit dunklem Haar und Augen, deren eindringlichem Blick man sich nur schwer entziehen konnte. Eine aufregende junge Frau, gewiß – doch ob Arnim sie im gleichen Licht sah wie der Student Alois Bihler, der sie wahrhaft hingerissen beschrieb? Zwar bewunderte er die Intelligenz und Schlagfertigkeit der Siebzehnjährigen, fand in ihr eine anregende Gesprächspartnerin – aber sein Ideal war sie nicht.

«Meine Augen sind groß und braun, etwas heller als des Clemenz seine, und ich habe einen kleinen hübschen roten Mund, sonst hatte ich rote Farbe, aber jetzt bin ich sehr braun geworden», beschrieb Bettina in einem Brief an Savigny ihre Person. Weniger schmeichelhaft erschien sie dem Engländer Henry Crabb Robinson: «Als ich das erste Mal nach Frankfurt kam, war sie ein kleines untersetztes, wildes Mädchen, die jüngste und am wenigsten angenehme Enkelin der Frau von La Roche. Sie wurde stets als ein grillenhaftes, unbehandeltes Geschöpf angesehen. Ich erinnere mich, daß sie auf Apfelbäumen herumkletterte und eine gewaltige Schwätzerin war, desgleichen auch, daß sie in überschwenglichen Ausdrücken ihre Bewunderung der Mignon in *Wilhelm Meister* aussprach.»

War das Kennenlernen eine Enttäuschung? Bettina hatte sich den Freund ihres Bruders anders vorgestellt – und war sichtlich überrascht. Arnim wurde von allen als Inbegriff eines «edlen und schönen» Mannes bezeichnet, von Eichendorff, Görres und den Grimms, sogar der kritische Varnhagen sprach von seiner «stets erfreuenden Erscheinung». Hohes Lob spendete Friedrich Creuzer, der Geliebte der Caroline von Günderode. «Es ist doch etwas Herrliches um dieses kräftige Auftreten auf den Erdboden und dieses heitere, feste Blicken in die Welt hinaus... So soll der Mann sein.»

In den acht Tagen, die Arnim blieb, sprach Bettina viel von Goethe und war beeindruckt, daß er ihn sogar persönlich kannte. Der große Dichter, sagte sie, war früher in ihre Mutter Maximiliane von La Roche verliebt, die nach der Geburt ihres zwölften Kindes starb («Der Tod... geleitete die schönste Mutter ins Grab»). Sie selber, damals acht, hatte noch das Schluchzen des Vaters in Erinnerung, «die Geschwister flohen vor ihm», nur sie blieb, saß auf seinem Knie und hörte ihn sagen: «Werde doch auch so gut wie Deine Mutter.»

Dieser Vater, Peter Anton Brentano aus Tremezzo am Comer See, im Handels- und Bankgeschäft überaus erfolgreich, schloß eine dritte Ehe mit Friederike von Rottenhof, nach deren Einzug im *Goldenen Kopf* seine vier Töchter Kunigunde (*Gunda*), Elisabeth (*Bettina*), Ludovica (*Lulu*) und Magdalena (*Meline*) in die Klosterschule der Ursulinen nach Fritzlar gegeben wurden. Von dort schrieb ihm Bettina an ihrem elften Geburtstag 1796 ein herzliches Briefchen. «Lieber Papa! Nix – die Link durch den Jabot gewitscht auf dem Papa sein Herz, die Recht um den Papa sein Hals. Wenn ich keine Hände hab, kann ich nit schreiben. Ihre liebe Tochter Bettine.» Den Zettel trug der Vater noch bei sich, als er ein Jahr später starb. Er hatte es zum angesehenen Residenten der Freien Reichsstadt gebracht. Sein ältester Sohn Franz wurde der Nachfolger und Leiter des großen Handels- und Bankhauses; als Vormund aller Geschwister verwaltete er ihr Vermögen brüderlich und verantwortungsbewußt.

Bei Arnim war alles anders verlaufen. Seine Mutter hatte er nicht gekannt, sie starb kurz nach seiner Geburt im Alter von zwanzig Jahren, eine Tragödie, die ihn zeit seines Lebens bedrückte. Er bewahrte einen Seestern auf, den die junge Amalie Freifrau von Arnim am Tag vor der Entbindung in einer Auster gefunden hatte. Clemens sah ein Symbol darin. «Ich fühle, daß Arnim der Stern selbst war und daß die, die ihn verschloß wie die Muschel, durch ihn starb.» Der Tod, verursacht durch die eigene Geburt, war eine Wunde, unter der Achim litt wie unter einer Schuld.

Der Vater, Joachim Erdmann Freiherr von Arnim, stand ihm fern. Er entstammte der ältesten Linie der Familie, hatte neunzehn Geschwister und war der jüngste von sieben erbberechtigten Söhnen. Nach dem Jurastudium hatte ihn Friedrich der Große zum Direktor der Königlichen Oper in Berlin ernannt; später zog er sich auf den Landbesitz Zernikow bei Rheinsberg zurück, den ihm seine Ehe mit Achims Mut-

«Schön und edel» nannte Eichendorff den jungen Achim von Arnim, der für ihn «zu den seltenen Dichternaturen» gehörte, «die ihre poetische Weltansicht jederzeit von der Wirklichkeit zu sondern wissen». Die Zeichnung, die um 1800 entstand, gibt Achim von Arnim während seiner Studentenjahre wieder.

ter eingebracht hatte. Um die beiden Söhne in Berlin kümmerte er sich wenig, aber wenn er sie im Sommer aufs Land holte, waren es die schönsten Ferien: Schloß Zernikow mit der großen Bibliothek, «wo ich mein erst poetisch Werk schrieb und vielerlei in aller Einsamkeit lernte... wo ich glückliche Tage der Kindheit in Vergleich mit den übrigen zubrachte.»

Beide, Achim wie Bettina, wuchsen also bei ihren Großmüttern auf. Für Bettina bedeutete der Aufenthalt bei Sophie von La Roche, deren Roman *Geschichte des Fräuleins von Sternheim* sie in ganz Deutschland bekannt machte, eine große Bereicherung. «Ach, was willst Du, es gibt doch keine edlere Frau als die Großmutter!» Seit dem Tod ihres Mannes, des kurtrierischen Kanzlers, führte die berühmte Schriftstellerin in dem vom Schwiegersohn Brentano großzügig finanzierten Haus (ihrer «Grillenhütte») ein geselliges Leben, an dem sie die Enkel teilnehmen ließ. Sie war eine hochgebildete, souveräne, vom jungen Goethe verehrte Frau, deren Bild die Enkelin liebevoll ausmalte: das einer naturliebenden, leicht sentimentalen, immer eleganten Dame.

Ganz anders erlebte der junge Arnim die Fuchtel seiner Berliner Großmutter, die in erster Ehe mit Fredersdorf, dem Kammerherrn Friedrichs des Großen, verheiratet war. Um für die Zukunft zu sorgen, erwarb sie die Güter Bärwalde und Wiepersdorf südlich von Berlin. «Meine Großmutter», erzählte Arnim, «war groß und gut gewachsen... heftig, lebendig, voll Lust an allem Weltgetümmel... durchaus rechtlich, edel, mutig – sie ritt auch wie Männer.» Der sensible Junge litt aber unter ihrer Härte. Als alte Frau war sie zänkisch, unerbittlich streng, niemals liebevoll, und das Wort *Kindheit*, von Bettina mit glücklichem Ausdruck gebraucht, erinnert ihn nur an die «trübe, gepreßte Luft einer zwangvollen Kinderstube». Das Anrecht auf die Erziehung der Enkel hatte sie ihrem Schwiegersohn mit tausend Talern abgekauft.

Bettinas Großmutter Sophie von La Roche war bereits eine bekannte Schriftstellerin, Autorin der *Geschichte des Fräuleins von Sternheim*, als sie sich der verwaisten Enkelin annahm, deren Leben sie entscheidend prägte. Bettinas Großvater Georg Michael Anton von La Roche, kurtrierischer Kanzler, duldete die «Schriftstellerei» seiner Frau. Zwischen beiden ihre Tochter Maximiliane, Bettinas Mutter, deren «niedliche» Gestalt und «schwärzesten Augen» Goethe im *Werther* und in *Dichtung und Wahrheit* beschrieben hat. Beim Tod der Mutter war Bettina acht Jahre alt.

So gleichgültig, wie er tat, kann Arnim die Begegnung mit Bettina nicht gewesen sein. Bevor er mit seinem Bruder Karl Otto, genannt *Pitt*, zu einer großen Bildungsreise nach Paris und London aufbrach, besuchte er die Brentanos noch einmal – war danach allerdings ratloser als zuvor. Bettinas knabenhafter Charme zog ihn an, ihr herrisches Wesen stieß ihn ab. Zum erstenmal befielen ihn Selbstzweifel. «Ich weiß wahrlich nichts von mir, ob ich Wasser oder Dunst oder Eis oder ein Stück des glühenden Regenbogens bin», und merkwürdig gespalten klingt die Behauptung: «Wir müssen froh sein, daß Bettine mich nicht liebt, aber ich muß jubeln, daß sie mir gut ist.» Das wirkt wie eine bewußte Selbsttäuschung.

Aufregungen hatte er mit ihr in der kurzen Zeit zur Genüge erlebt. Als er Bettina und ihre Freundin Caroline von Günderode ins Damenstift begleitete, wurden sie bei einbrechender Dunkelheit von einem Unwetter überrascht, das ihn zwang, gemeinsam mit den jungen Damen im Stift zu übernachten. «Arnims wunderschöne Jugendnähe elektrisierte mich», schrieb Bettina dem neugierigen Clemens. «Der Arnim sieht doch königlich aus!» Er habe sie am anderen Morgen mit einem Vergißmeinnichtstrauß gebeten, seinen Handschuh zu flicken, sie habe es versprochen – dabei aber den zweiten Handschuh heimlich als Pfand dabehalten.

Als Pfand? War Verliebtheit im Spiel? Auf Clemens' bohrende Fragen vertraute Arnim ihm an, was er lieber für sich behalten hätte. «Sie begleitete mich auf dem Fußweg nach Frankfurt, die gebogenen Apfelbäume beschatteten uns...» Zwischen den Kornfeldern hatten sie einen Wettlauf veranstaltet, Bettina verwickelte sich in ihrem langen Kleid und fiel hin, er konnte sie zwar nicht auffangen, wollte ihr aber, «im letzten Augenblick dadurch weniger zurückhaltend als sonst«, einen Kuß geben – sie wehrte ihn kühl ab. Ein Geständnis der Niederlage.

Alles hatte sich Arnim eingeprägt. Ihre spöttischen Bemerkungen, als er mit Clemens das Schiff zu einer Fahrt nach Bingen und Koblenz bestieg. «Arnim so schlampig in seinem weiten Überrock, die Naht am Ärmel aufgetrennt, die Mütze mit halb abgerißnem Futter –» Lachend riß sie ihm die Bedeckung vom Kopf und warf sie ins Wasser. Er mußte in einem Boot hinterherrudern und sie herausfischen. Bettinas Worte auf dem Apfelbaumweg, ihr Frankfurter Tonfall, ihre Stimme, ihr herzliches Lachen, ihre Unnachgiebigkeit. Als er Abschied nahm, um zur «Kavalierstour» ins Ausland aufzubrechen, wußte er: «Die ganze Richtung unsrer Kräfte treibt entgegengesetzt.»

Der Brief an Clemens enthält eine entscheidende Bemerkung. «Du müßtest Bettinen nicht kennen: wenn sie liebte, wäre sie hier nicht kalt geblieben; und Du mußt mich nicht kennen, daß alle Elemente mich von Frankfurt nicht hätten wegbringen können, wenn ich nach meiner ganzen Wesenheit liebte.» Das war es: seinem Wesen nach liebte Arnim nicht. Bettina stieß ihn vor den Kopf. Ob ihre Aggressivität der Furcht entsprang, von dem schönen Mann vereinnahmt zu werden, ob sie unnahbar blieb, um keine Gefühle zu verraten? Denn sie konnte auch bezaubernd sein, ihrem Begleiter mit dunklen Augen eindringlich zugewandt, weshalb es ihn keinesfalls gleichgültig ließ, daß sein Kuß im Kornfeld unerwidert blieb und sie sich ihm hastig entzog.

«Wenn sie liebte, wäre sie hier nicht kalt geblieben»

Vergebliche Begegnungen. 1805/1806

Sie Wortkarge, Silbensparende,
Papierabschneidende, Tinte-nicht-Vergießende,
schönsiegelnde Barbarin…
(Achim an Bettina, 1806)

Bettinas Bruder Franz machte sich als Vormund berechtigte Sorgen. «Bettine kann gut werden, wenn sie einfach und natürlich bleibt und nicht eigene Länder entdecken will, wo keine weibliche Glückseligkeit zu entdecken ist.» Aber an «weiblicher Glückseligkeit» war ihr offenbar nicht gelegen, im Gegenteil: sie wollte um jeden Preis «eigene Länder entdecken», und solange es in der Realität daran mangelte, erschuf sie die Abenteuer in der Phantasie. Eröffnet hatte ihr dieses Reich die fünf Jahre ältere Caroline von Günderode, mit der sie eine innige Freundschaft verband, wie Bettina sie nie mehr finden würde. Als Tochter getrennt lebender und verarmter Eltern hatte man Caroline mit siebzehn in das Cronstetten'sche Damenstift für bedürftige Adlige gesteckt, und sie war mit der gleichaltrigen Gunda befreundet, bevor sich Bettina mit instinktivem Egoismus in ihr Leben drängte. Selber eine begabte, intelligente Dichterin, schwärmte Caroline für Jean Paul und machte Bettina, die sich für alles brennend interessierte, mit den Heroen ihrer literarischen Welt, Herder, Goethe und Hölderlin bekannt. Clemens Brentano erkannte mit seinem Gespür für poetische Qualitäten in ihr die Verfasserin der anonymen *Gedichte und Phantasien* und der *Poetischen Fragmente,* die unter dem männlichen Pseudonym *Tian* erschienen; leicht entflammbar, wie er war, schrieb er ihr glühende, nicht immer geschmackvolle Briefe, die sie sich verbat. Sie liebte einen anderen.

Ausgerechnet Caroline im strengen Ordenskleid, das sie nur in der Freizeit ablegen durfte, entführte Bettina in das schillernde Zwischenreich von Wirklichkeit und Phantasie, Poesie und Traum. Mit Zärtlichkeit und literarischem Geschick wird Bettina später die tote Freundin ins Leben zurückrufen. «Sie war so sanft und weich in allen Zügen wie eine Blondine. Sie hatte braunes Haar, aber blaue Augen, die waren gedeckt mit langen Augenwimpern… Ihr Kleid war ein Gewand, was sie in schmeichelnden Falten umgab; das kam von ihren weichen Bewegungen her…» Die Entdeckungsreisen, die Franz dem weiblichen Geschlecht untersagte, unternahmen die Freundinnen mit Lust in ihrem engen Klosterzimmer. «Wir machten ein Reiseprojekt», so Bettina, «wir erdachten unsre Wege und Abenteuer, wir schrieben alles auf, wir malten alles aus, unsere Einbildung war so geschäftig, daß wir's in der Wirklichkeit nicht besser hätten erleben können.» Wenn auch Caroline, die am schwarzen Star zu erblinden drohte, oft ernst wirkte, war sie doch keineswegs so resignativ und lebensenttäuscht, wie ihr freiwilliger Tod später anzudeuten scheint. Bettina bezeugt ihr Lachen, ihren Humor, ihre «Lust und Heiterkeit».

«In Deinem Zimmer sah es aus wie am Ufer, wo eine Flotte gestrandet war», hat Caroline einmal ironisch bemerkt. «Der Homer lag aufgeschlagen an der Erde, Dein Kanarienvogel hat ihn nicht geschont. Deine schön erfundene Reisekarte des Odysseus lag daneben, und der Muschelkasten mit dem umgeworfenen Sepianäpfchen und allen Farbenmuscheln drum her, das hat einen braunen Fleck auf Deinen Strohteppich gemacht… Von Büchern hab ich gefunden auf der Erde den Ossian, die Sakontala, die Frankfurter Chronik, den zweiten Band Hemsterhuis… Es rappelte was in einer kleinen Schachtel auf dem Fensterbrett,

«Sie war so sanft und weich... hatte braunes Haar, aber blaue Augen...» Die Dichterin Caroline von Günderode war Bettinas engste Freundin und Vertraute, bis sie sich aus unglücklicher Liebe zu dem verheirateten Heidelberger Professor Friedrich Creuzer mit sechsundzwanzig Jahren das Leben nahm. Ihr Selbstmord belastete Bettinas Gewissen; später setzte sie der Freundin mit ihrem Buch *Die Günderode* ein bleibendes Denkmal.

ich war neugierig, sie aufzumachen, da flogen zwei Schmetterlinge heraus, die Du als Puppen hineingesetzt hattest... Unter Deinem Bett fegte die Lisbeth Karl den Zwölften und die Bibel hervor und auch – einen Lederhandschuh, der an keiner Dame Hand gehört...» Darauf, behauptet Bettina, habe sie ungerührt entgegnet: «Mein Zimmer gefällt mir wohl in seiner Unordnung, und ich gefall mir also auch wohl, da Du meinst, es stelle meinen Charakter vollkommen dar.»

Über den Handschuh kein Wort. Sein Besitzer lag, nachdem ihn im Februar 1804 die Nachricht vom Tod seines Vaters erreicht hatte, in London schwer krank an einem Leberleiden nieder. Nach der Genesung ging Arnim über Holland direkt nach Berlin, weniger zur Verwaltung des großmütterlichen Vermögens als vielmehr entschiedener denn je zur Schriftstellerei entschlossen: ein halbfertiges historisches Trauerspiel über *Friedrichs Jugend* und ein mit poetischen Plänen gefülltes Reisetagebuch steckten in seiner Tasche.

Clemens, erfuhr Arnim, hatte im Herbst 1803 seine beharrlich umworbene Sophie Mereau geheiratet und einen Sohn bekommen, der nach Achims Buch *Ariels Offenbarungen* die Namen *Achim Ariel* tragen sollte. Doch noch vor der Taufe starb das Kind. Gunda, Bettinas Schwester, hatte ebenfalls geheiratet, jenen Friedrich Karl von Savigny, in den sich «das Günderödchen» damals heftig verliebt hatte. Vormund Franz, vermählt mit der wohlhabenden Wienerin Antonia von Birkenstock, einer Freundin Beethovens, konnte aufatmen: auch die achtzehnjährige Lulu verheiratete sich günstig und zog nach Kassel, wo ihr Gatte Karl Jordis die Stellung des Hofbankiers von König Jerôme innehatte. Bis auf Meline, die so entzückend aussah, daß Goethes Mutter sie ihrer Schönheit wegen porträtieren lassen wollte und die an Bewerbern keinen Mangel hatte, waren alle Schwestern gut untergebracht. Nur Bettina blieb unversorgt und schien auch nicht die Absicht zu hegen, diesen Zustand zu ändern.

Das war der wunde Punkt: sie wollte geliebt, aber nicht gebunden sein. Einmal war Franz ins Zimmer getreten mit der Nachricht, es habe ein reicher, junger, geehrter Kaufmann um sie angehalten, der Herr von Gerning. «Ich war ganz überrascht», rief Bettina empört, «daß dieser Mann die Frechheit habe, an mich zu denken.» So wütend war sie, daß Franz es nie wieder wagte, ihr einen Kandidaten vorzuschlagen. Ihr Zorn aber machte die Situation nicht erträglicher.

Obgleich Bettina durch das millionenschwere Vermögen, das der Vater hinterlassen hatte, finanziell gut versorgt war, wirkte sie unzufrieden und unausgeglichen. Der Grund lag darin, wie Clemens richtig erkannte, daß ihr wie allen Töchtern bürgerlicher Häuser jede Berufstätigkeit versagt war und als einziger Weg – oder Ausweg – die Ehe übrigblieb. Dabei hatte sie, überdurchschnittlich intelligent und lernbegierig, sich Vergünstigungen zu verschaffen gewußt, die anderen Mädchen kaum zu Gebote standen. In der großen Brentanofamilie war sie die einzige, die jahrelang kostspieligen Privatunterricht erhielt, Zeichen- und Malstunden, Gesang und Kompositionslehre ebenso wie Unterricht in Italienisch, Literatur und Geschichte. Sie galt als verwöhnte Tochter einer wohlhabenden Familie, und unter keinen Umständen wollte sie diese Vorteile, die mit persönlicher Freiheit verbunden waren, aufgeben. Sie leide, behauptete Clemens, unter «erschreckender Traurigkeit»: «Dieses Mädchen ist sehr unglücklich.»

Auf solche Hinweise reagierte Arnim kühl. Er war 1805 Clemens nach Heidelberg gefolgt, um mit ihm seine Lieblingsidee, eine Sammlung volkstümlicher Lieder zu veröffentlichen, eben *Des Knaben Wunderhorn*, das ihn populär machte und Goethes Wohlwollen eintrug. Nach dreijähriger Trennung traf er auch Bettina wieder und sah sie anschließend im Sommer 1805 am Main, auf dem schönen Landgut der Savignys, die sie zu Paten ihres ersten Kindes *Bettina* baten – Gelegenheit genug, sich naherzukommen. Doch alle

Vorsätze endeten kläglich. Nichts paßte zueinander. Arnim benahm sich zurückhaltend und vorsichtig, aber Bettina, «affektiert und gespannt», tat nie, was man erwartete. Fast hätten sie sich für immer getrennt. Sie habe die schreckliche Eigenart, sagte Arnim zu Clemens, alles zu zerlegen, zu analysieren, zu kritisieren, zu allem und jedem ihre Meinung zu verkünden. Auch als er im Winter 1805, nach einem erfreulichen Besuch bei Goethe, wieder nach Berlin zurückging, blieb der negative Eindruck vorherrschend. «Bettinens Worte tun mir weh», schrieb Arnim sogar. Die Chance gegenseitigen Verstehens war vertan. Er hatte sich entschieden: er mochte sie nicht.

Vergebliche Begegnungen? Bettina jedenfalls konnte ihn nicht vergessen. «Seine edle Gestalt, sein schönes Gesicht, seine Liebe zum Mittelalter», dazu seine Klarheit und Vornehmheit waren, wie der dänische Dichter Ohlenschlager es damals ausdrückte, von größter Anziehungskraft. Was ging in ihr vor? Als keine Post kam, gab sie sich nach außen gleichgültig, sandte aber heimliche Briefe nach Berlin, die so einnehmend klangen, daß Arnim den Mut fand zu fragen, ob sie nicht eines seiner neueren Gedichte vertonen wolle. Und ob sie wollte! Achims Brief vom 26. Januar 1806, seinem fünfundzwanzigsten Geburtstag, wurde der Auslöser einer Korrespondenz, die von nun an nicht mehr abreißen sollte.

Caroline von Günderode sah tiefer, nannte die Freundin verliebt und wurde lauthals ausgelacht. Wie es aber um Caroline selbst stand, das kümmerte Bettina wenig, und es war ein schmerzlicher, unbegreiflicher Schock, als ihr die einzige Freundin ohne jeden ersichtlichen Grund im Sommer 1806 die Freundschaft kündigte. Sie hatte sich – zu Bettinas Entsetzen – leidenschaftlich in einen Freund Savignys, den Altertumsforscher Friedrich Creuzer verliebt, der sich zwar vorläufig nicht von seiner dreizehn Jahre älteren Ehefrau scheiden lassen wollte, die Geliebte jedoch zur Trennung von «der Brentano» aufforderte, die er «egoistisch, kokett und faul» fand und die seiner Karriere durch indiskrete Geschwätzigkeit schaden könne. Wenn es auch schwerfiel, Caroline gehorchte. Bettina begriff es nicht, weinte und forderte gekränkt ihre Briefe zurück, die sie Jahre später, von Arnim «wohlverschnürt» und versiegelt, in einem Wiepersdorfer Wandschrank wiederfand.

Sie hat die Freundin lebend nicht mehr gesehen. Am 26. Juli 1806 nahm sich Caroline in Winkel am Rhein, wo sie ein paar Ferientage verbringen wollte, mit einem Dolch das Leben. Durch einen Zufall hatte sie erfahren, daß Creuzer – der sich auch als Mäzen ihrer Schriften treulos erwies – sich von ihr trennen wollte. Bettina fühlte sich mitschuldig an dem Selbstmord: «mit dem einzigen Dolchzucken traf sie ihr eigen Herz und... traf mich auch mit dieser Untat, ich werde den Schmerz in meinem Leben mit mir führen.»

Die Erinnerung an die Freundin hat sie nie verlassen. Immer wieder trieb es sie, von ihrem Leben und Sterben zu berichten, bei Humboldt und Ranke, bei Varnhagen und Goethe. In ihrem Buch *Die Günderode* hat sie versucht, ihre Kritik an den Verhältnissen, die – wie im *Werther* – zum Selbstmord führen, mit ihren politischen Forderungen für eine alternative Zukunft zu verbinden. Sie widmete das Buch *Den Studenten*, den Garanten für geistigen Fortschritt und Umschwung, die ihr mit einem Fackelzug und Gedichten dankten. Der als Dichterin bereits vergessenen Günderode, deren poetischen Nachlaß sie mit akribischer Geduld aufspürte, setzte sie mit diesem Werk ein bleibendes Denkmal der Freundschaft.

Seit 1792 überzogen die französischen Revolutionstruppen Europa mit Krieg, den Friedrich Wilhelm III. seinem Land nur so lange fernhalten konnte, bis die Aggressionen Napoleons, der sich 1804 zum Kaiser krönte, ihn unausweichlich machten. Der schöne Plan Arnims, im Sommer 1806 zu einer zweiten Rheinreise mit Clemens aufzubrechen, zerschlug sich, als der preußische König die Generalmobilmachung befahl. Arnim hatte sich der Armee des Prinzen Louis Ferdinand zur Verfügung gestellt, doch der begabte Prinz, ein Freund Beethovens, fand bei den Vorgefechten in Saalfeld den Tod, und am 14. Oktober 1806 wurde das preußische Heer trotz zahlenmäßiger Überlegenheit in der Doppelschlacht von Jena und Auerstedt von den Franzosen geschlagen. Der König floh mit seiner Familie nach Ostpreußen. Arnim folgte dem Hof, um in Königsberg Kontakt zu den Reformern zu suchen und, wie Fichte, Mitarbeiter der «Hartung'schen Zeitung» zu werden, für die er seine großen politischen Beiträge schrieb. Bettina hörte wenig von ihm. Bei ihr in Frankfurt war Ludwig Tieck zu Gast, und schon zimmerte sie sich einen eigenen Herzensroman. Clemens hatte den bewunderten Dichter im *Goldenen Kopf* eingeführt, wo er aus dem *Sternbald* vorlas und sich von Bettinas Gesang bezaubern ließ. Tieck war eine Ausnahmeerscheinung, er «riß alle Herzen hin», wie Clemens seiner Frau Sophie zu berichten wußte, «Bettine hat sich in ihn, er sich in sie verliebt, und beinahe über Ärgernis hinaus». Sie habe «mit wildem Seelenschlag» herrlich gesungen und sei Hals über Kopf für den unglücklich verheirateten Mann entflammt. Der erste Liebesbrief, den die Einundzwanzigjährige schrieb, war nicht an Arnim gerichtet, sondern an den Dichter Ludwig Tieck.

Deprimiert über die Situation des gedemütigten, von Kontributionen, Reparationszahlungen und Besatzungslasten ausgesogenen Preußen, war Arnim zusätzlich noch durch die persönlich niederschmetternde Erfahrung bedrückt, daß er weder für eine Verwaltungslaufbahn noch für den Dienst bei der Armee die besten Voraussetzungen besaß. («Es tat mir recht leid, daß ich nichts vom Kriege verstehe», schrieb er Gneisenau.) Zwar knüpfte er in Königsberg wichtige Beziehungen an zum dänischen Gesandten Gustav von Brinckmann, dem Diplomaten Krusemark, befreundete sich mit Anton Fürst Radziwill, an dessen Konzerten er teilnahm, wurde auch als junger Dichter am königlichen Hof eingeführt und lernte im Sommer 1807 die Königin Luise und ihre schöne Schwester Friederike kennen, deren Sohn Georg, König von Hannover, in Berlin mit seinem Sohn Kühnemund spielen wird. Arnim war beliebt und tätig, aber eine Anstellung fand er nicht.

Was er fand – und was ihn dann länger als vorgesehen in Ostpreußen hielt – war ein junges Mädchen, in das er sich glühend verliebte. Auguste von Schwinck war die Tochter seines Königsberger Gastgebers, eines wohlhabenden Kommerzienrats, der ein bei Künstlern, Gelehrten und Aristokraten beliebtes, kultiviertes Haus führte; seine Gattin war mit Arnims Freunden von Staegemann verwandt, eine mütterliche Frau, die ihn mit offenen Armen aufnahm. Bettina Brentano aus Frankfurt am Main trat in den Hintergrund. Arnims Liebe gehörte der bildschönen, noch nicht sechzehnjährigen Auguste, deren Sanftheit ihm wie eine «nächtliche Himmelsbläue» erschien, deren Lieblichkeit ihn entzückte, die er zu seiner Frau machen wollte.

«War unersättlich nach viel tausend Küssen»

Das Idol Goethe. 1806/1808

Bist Du nicht wieder ganz jung bey mir?
(Bettina an Goethe, 1808)

Der Name des großen Dichters war Bettina lange vertraut, seit ihrer Kinderzeit bei der berühmten Großmutter Sophie von La Roche, die der junge Goethe mit «Mama» angesprochen hatte, weil er in ihre «schwarzäugige» Tochter verliebt war. «Von Ihrer Maxe kann ich nicht lassen, solang ich lebe, und ich werde sie immer lieben dürfen», hatte der fünfundzwanzigjährige Verfasser des *Werther* geschrieben und sich über die Maßen geärgert, daß seine niedliche Freundin mit achtzehn Jahren den mehr als doppelt so alten, kinderreichen Witwer Peter Anton Brentano heiratete, einen wohlhabenden, aber in seinen Augen ziemlich ungehobelten Kaufmann. Er besuchte *die Max* weiterhin recht ungeniert und widmete ihr seine ungeteilte Aufmerksamkeit, bis er das Haus schließlich meiden mußte, jenen *Goldenen Kopf,* in dem die junge Frau zwölf Kindern das Leben schenkte – wobei sie der dritten Tochter die Vornamen von Goethes Mutter gab: *Catharina Elisabeth,* genannt *Bettina.*

Schon als Kind kannte Bettina Gedichte von Goethe auswendig. Seine Romane hat ihr Clemens als erster ans Herz gelegt, ein Rat, den sie widerspruchslos befolgte. «Es würde mich freuen, wenn Du etwas Geschichte läsest und außerdem meistens Göthe und immer Göthe...» Sie las den *Götz* und den *Werther* und brach in Tränen aus, als sie im *Wilhelm Meister* mit Herzklopfen sich selber aufs Haar genau geschildert fand, ihr Wesen wie im Spiegel erblickte. Sie *war* musikalisch, von Sehnsucht verzehrt, von italienischer Abkunft wie Mignon, verträumt und rätselhaft wie sie, war mit bräunlichem Gesicht und schwarzen Augen ihr Ebenbild. Von Mignon sprach sie, wo sie ging und stand.

Der Zufall wollte, daß Bettina ein vergessenes Paket auf dem Dachboden aufspürte, das die Korrespondenz des jungen Goethe mit ihrer Großmutter enthielt. Seite für Seite las sie den kostbaren Fund. «Vor 8 Tagen habe ich 43 der schönsten Briefe Göthes abgeschrieben an Frau v. Laroche, voll Liebe zu meiner Mutter», meldet sie Arnim im Juni 1806. Der Mann, der einst ihre Mutter geküßt hatte, war noch am Leben, und sie, ihre Tochter, mußte ihn kennenlernen!

Es ist bemerkenswert, mit welcher Selbstsicherheit die Einundzwanzigjährige ihre fixe Idee verwirklichte. Ohne Ankündigung erschien sie in diesem Juni 1806 bei Goethes Mutter, die sie freundlich empfing und ihrem Sohn von der lebhaften jungen Frau berichtete, deren Besuche sie erheiterten, die sie bald auch «Tochter» nannte («Nenne mich ins künftig mit dem mir so theuren Namen Mutter»). Von ihrer Herzlichkeit, ihrer mütterlichen Wärme war Bettina, die immer eine Mutter vermißt hatte, angezogen bis zuletzt. Sie saß bei «Frau Aja» auf demselben Schemel, auf dem auch Sohn Wolfgang gesessen hatte, und beschloß schon damals, ihre Erzählungen aufzuschreiben. Der Einfluß, den die Fünfundsiebzigjährige auf Bettina ausübte, findet sich in ihren Büchern wieder. Triumphierend teilte sie der treulosen Caroline von Günderode, die ihr gerade die Freundschaft gekündigt hatte, mit: «Ich habe mir statt Deiner die Rätin Goethe zur Freundin gewählt – es liegt was im Hintergrunde dabei, was mich selig macht, die Jugendgeschichte ihres Sohnes fließt wie ein kühlender Tau von ihren mütterlichen Lippen in mein brennend Herz…»

Es waren diese Besuche wohl auch ein kluges Mittel der Selbstheilung. Der Verrat der Günderode schmerzte, Bettina war einsam. Clemens war aus Marburg, wo sein zweites Kind Joachime geboren wurde und starb, nach Heidelberg gegangen, wo er bei der Geburt des dritten Kindes mit dem Neugeborenen auch seine Frau verlor. Weinend, «einem Wahnsinnigen ähnlich», kam er ins Elternhaus zurück, berufslos, stellungslos, unglücklich. Knapp ein Jahr später ließ er sich zu einem Schritt hinreißen, der sein Leben zerstören sollte. Aus purer Abenteuerlust unternahm Clemens die «Entführung» eines siebzehnjährigen Mädchens. Sie hieß Auguste Bußmann und war die Nichte der einflußreichen Frankfurter Bankiersfamilie Bethmann, die daraufhin sofort die Heirat verlangte. Die Ehe wurde zu einer Katastrophe. Clemens erlebte – und inszenierte – ein Drama, das von Demütigungen und Selbstmordabsichten der überspannten Auguste und seinen eigenen Flucht- und Trennungsversuchen gekennzeichnet war. Ihre vor aller Augen geführte Auseinandersetzung behelligte auch die Freundschaft von Bettina und Arnim. «Die heilige Ehe, die mir sonst so wunderbar herrlich erscheint, kommt mir wie ein eisernes Halseisen vor», schrieb er ihr. Es ist zu vermuten, daß auch Arnims Roman *Armut, Reichtum, Schuld und Buße der Gräfin Dolores* von 1810, der die Unauflöslichkeit und Heiligkeit der Ehe trotz aller Konflikte fordert, durch die Erfahrungen des Freundes beeinflußt wurde. Die Gestalt der Gräfin mit dem krausen dunklen Haar, dem Blick, «der sich nicht malen läßt» und dem ablehnend-schnippischen, arroganten und anspruchsvollen Wesen (das sie in die Arme eines Verführers treibt), trägt freilich Züge von Bettina. Sogar der selbst erlebte, mißratene Zärtlichkeitserweis wird zitiert: «der Kuß kam zustande, aber wie ein Wappenabdruck, wenn das Siegellack schon kalt geworden».

Das eheliche Debakel von Clemens endete erst nach langwierigen Scheidungsverhandlungen. Auguste Bußmann ging eine zweite Ehe mit dem Bankier August Ehrmann ein und bekam vier Kinder, machte aber ihre Drohungen wahr und beging Selbstmord, indem sie sich ertränkte. Für Clemens hatte die Scheidung 1812 die fatale Folge, daß er, der Katholik, nicht wieder heiraten durfte.

Bettina wollte zu Goethe, aber Franz hatte ihr die Reise strikt untersagt: er hasse «das Herumschwärmen von Mädgen». Glücklicherweise bot sich im Frühjahr 1807 endlich eine Chance in Gestalt des ungeliebten Schwagers Jordis, der eine Reisebegleiterin für seine Frau Lulu suchte. Der Weg führte über Weimar – Bettina war selig. In Männerkleidung, die sie sich eigens anfertigen ließ, mit gelber Weste, Überrock und einer Mütze aus Fuchspelz fuhr sie, eine ins Leben getretene Mignon, auf dem Kutschbock durch die Nacht ihrem Ziel entgegen.

In Weimar allein gelassen, bekam sie aber Angst und besorgte sich vorsichtshalber bei Wieland, dem einstigen Verlobten ihrer Großmutter, ein Empfehlungsschreiben. Der alte Herr fand es zwar überflüssig, verfaßte aber doch für die Enkelin seiner Jugendliebe die kürzestmögliche Familiengeschichte: «Bettina Brentano, Sophiens Schwester, Maximilianens Tochter, Sophien La Roches Enkelin, wünscht Dich zu sehen.» Am gleichen Tag noch, dem 23. April 1807, öffneten sich die Türen am Frauenplan, und Goethe bat «die kleine Brentano» zu sich herein. Es kam der entscheidende Augenblick, der sie ein Leben lang beschäftigen wird. Bettina war überrascht, bewegt, begeistert und versicherte später, wie unglaublich vertraut er ihr vom ersten Moment an erschien. «Sein Auge sehr ausdrucksvoll, lebhaft, und man hängt mit Vergnügen an seinem Blicke», hat Schiller gesagt und Goethes Erzählkunst, seine Sprache, seine Stimme gerühmt. Nie sei ihm ein schönerer Mann von sechzig Jahren begegnet, «Stirn, Nase und Augen sind wie vom olympischen Jupiter», schrieb Graf Baudissin seiner Schwester. So erging es auch Bettina – sie war überwältigt. Der Dichter habe sich augenblicklich wie ein Freund mit ihr unterhalten. «Nun, da sind wir ja, jetzt wollen wir schwätzen, bis Nacht ist.» Dabei war bald auch von Arnim die Rede, «den hat er wirklich lieb...». Sie sei fest entschlossen, Goethes Lebensgeschichte zu schreiben, erfährt Clemens. Als sie ging, steckte er ihr einen Ring an den Finger und erinnerte sie an seine Biographie. «Sein Leben will ich nicht schreiben, das kann ich nicht, aber den Duft seines Lebens will ich erschwingen und auffassen und zum ewigen Andenken seiner bewahren.»

Was trieb Bettina zu Goethe? Es gab viele Frauen, die den Dichter verehrten, ihm schrieben oder ihn einluden. Mit ihnen ist sie nicht zu vergleichen, ihr Verhältnis war einzigartig: er wurde und blieb die Erschütterung und Begeisterung, Quelle und Glanz ihres Lebens. Er sollte ihr alles sein: Vaterersatz und Lehrmeister, Vorbild und Idol, Geliebter, Beschützer und Freund. Ihr erster Brief an Goethe vom 15. Juni 1807 kommt bereits im irisierenden Gewand poetischer Einbildungskraft daher. Seine Nähe habe sie verblendet. «Ist dem zu helfen, der die Augen einmal ins Leben aufgeschlagen hat?» las Goethe in Briefen, deren Dialoge sie selbst erfand. «Soll von Liebe nicht die Rede seyn?» Sie sah ihre Beziehung von Anfang an als etwas Einmaliges, Besonderes an. «Lieber Clemens, wer ihn einmal gesehen hat wie ich und ihn nicht liebt wie ich, der ist seinen Anblick nicht wert.» Daß er sie auf die Stirn küßte, als ob sie «eine lange verheißene Freude» sei, daß sie sich fanden «wie zwei Prinzen», die miteinander auf einer einsamen Insel erzogen wurden, erzählte sie Savigny. Daß sie zum Abschied einen Ring mit blauem, geschnittenem Stein bekam, auf dem eine Frau ihr Haar «löst oder bindet», berichtete sie Arnim.

Von ihm, der im verwüsteten Ostpreußen auf eine Verwendung wartete, kam immer seltener Post. Arnim war verliebt wie noch nie – aber noch nie war er auch so verzweifelt. Auguste von Schwinck erwiderte seine Liebe nicht. Die Sechzehnjährige fühlte sich überfordert, wollte sich zu nichts verpflichten, und Arnim erlebte Qualen: «die Überzeugung, daß ich nicht geliebt werde, der Untergang meines Landes, die Schrecknisse eines Krieges, woran ich keinen Theil mehr nahm, und ein Gefühl, für andre hier bleiben zu müssen…», klagte er Clemens. In seiner Not wandte er sich an Bettina, schildert ausgerechnet ihr seinen Zustand. «Sie heißt Auguste, und so ist mein A B C fertig aus Auguste, Bettine und Clemens. Sie hat manche Ähnlichkeit mit Ihnen, und das war wie ein guter Genius…»

Er liebte glühend und fand doch nicht den Mut, einen Heiratsantrag zu machen. *Seliger war ich noch nie als heute,* beginnt ein Liebesgedicht: daß *Seligkeit* von *Sehen* komme, lerne man bei Auguste. Ihre «Sternenruhe», ihre wunderbare Schönheit hat er besungen wie niemals bei Bettina. Auguste war «mit tausend lebendigen Berührungen» bei ihm, lief mit ihm in den Garten (*Sie saß ganz einsam an dem Teiche*), nahm lachend seine Blumen, und er dichtete, was er nur in Versen sagen durfte: *Antrag bei ihr zu schlafen.* Dann wieder trieb ihn ihre Gleichgültigkeit, sein sinnlos gewordenes Leben in der Schlacht einzusetzen, von Pommern aus mit Blücher gegen die Franzosen zu kämpfen. Da Auguste ihn nicht liebte, suchte Arnim den Fehler bei sich selbst: er sei nicht liebenswert genug für ein Geschöpf, für das er «diesen unbegreiflich törichten Reiz» empfinde (*Auf ihre Brust ich Lusten möchte senken, / Den Mund in Küssen möcht ertränken*). Er wußte nicht, wie sehr sie ihn mochte, das hat ihm erst später ein Königsberger Freund verraten. Sie heiratete, für Arnim unbegreiflich, einen älteren und verwachsenen Juristen, für den sie früher nichts übrig gehabt hatte. Vergessen hat Arnim sie nicht. *Wieder lieb ich, da ich Dein gedenke, / Wieder leid ich, daß ich Dich muß missen…*

Bettina begriff sofort, daß sie dabei war, den Freund zu verlieren. Sie wurde krank, als sie seinen Brief las, Meline berichtet den Savignys: «Sie bekam heftige Krämpfe und liegt seitdem zu Bett… Ihre Krämpfe kamen zum Ausbruch durch einen Brief von Arnim. Ich weiß nicht, warum sie dieser Brief so reizte...» Aber Bettina wußte es, und sie schrieb ihm zum erstenmal von ihrer Liebe. «Guter, guter Arnim, wenn Sie nur wüßten, wie um Ihrer selbst willen ich Sie lieb habe.» Da gab es jemanden, der Anteil an ihm nahm! Arnim schrieb zurück, erfuhr von ihrer Reise nach Weimar. «Mit Goethe sprach ich viel von Ihnen, er hat Sie lieb, er kann sehr gut begreifen, daß ich Sie auch lieb habe.» Geschickt vollzog Bettina die Verbindung der beiden Männer, die sie zum Zwillingsgestirn ihres Lebens erhebt.

Auch Arnim verehrte den größten Dichter Deutschlands, wenn auch weniger fanatisch als sie. «O Arnim! O Goethe! ihr seid mir zwei werte Namen...» Ihr Brief sei ihm wie eine «Leuchtkugel» erschienen, ruft Arnim aus, «und da strahlt mir zum Schlusse aus Ihnen ein Widerschein von Göthe und aus Göthe ein Widerschein von Ihnen, und Sie beide spiegeln sich ineinander so unendlich... O könnte ich Sie beide zusammen sehen.» Schöner, klüger hätte er es nicht sagen können. Bettina würde sich am liebsten aufs Pferd schwingen und «in vollem Galopp» zu ihm reiten, wenn sie nur dürfte – Arnim wiederzusehen, das ist «ein Zwillingsbruder von der Begierde, wieder mit Goethe zu sein».

Ihre Zuwendung war Balsam für seine verletzte Seele. Er träumt sehr konkret von ihrer lebenswarmen Nähe, erlebt durch sie «Blitzstrahl» und «Feuerwerk», hört ihre liebe Stimme «ein neues Lied» anstimmen, ihm ist, als fiele «ein unfühlbarer Regen». Spürt sie die Sinnlichkeit seiner Wünsche? In Königsberg hielt es ihn nicht länger, ohnehin war die Lage aussichtslos, er beschloß abzureisen. Als aber beim Abschied «das Eis zu schmelzen» schien, die Eltern Schwinck ihn wissen ließen, wie gern sie seine Verbindung mit ihrer Tochter gesehen hätten und er von Auguste eine gestickte Seidentasche mit Blumen und ihrer Haarlocke erhielt, weinte er.

Im November 1807 sah Bettina den aus Ostpreußen erfolglos zurückgekehrten Arnim nach zweijähriger Trennung wieder. Sie trafen sich nicht in Heidelberg, wo er den zweiten *Wunderhorn*-Band zum Druck beförderte, nicht im Frankfurter Elternhaus – sie sahen sich bei Goethe. Ihrer hartnäckig fixen Idee folgend, hatte Arnim einer gemeinsamen Herbstreise nach Weimar zugestimmt, für Bettina die Krönung aller Wünsche. Mit Meline, Gunda und Savigny fuhr sie voraus, Arnim folgte in Gesellschaft des Komponisten Reichardt mit Clemens nach, so daß sich Goethe zu seiner eigenen Überraschung von vier Kindern seiner Jugendgeliebten Maxe umringt sah. Aber Bettina stellte sie alle in den Schatten. Am Arm des Dichters ging sie ins Konzert, traf ihn in Johanna Schopenhauers Mittwochsrunde, sah auf der Bühne seinen *Tasso*, dessen lorbeerbekränztes Porträt sie dem Autor zum Geschenk machte. Arnim spielte neben Goethe kaum eine Rolle. Manchmal erschien sie unangemeldet im Haus am Frauenplan, erzählte von der Rätin, berichtete von den Grimms und ihrer Arbeit am Nibelungenlied, übernahm auch bereitwillig die Rolle einer der Poesie entsprungenen Mignon, spielte die Gitarre und sang.

Das Zusammensein erhielt noch einen geheimen Höhepunkt. Mit Goethe allein besuchte Bettina die herzogliche Bibliothek, blieb plötzlich vor seiner Marmorbüste stehen und küßte sie. In ihrem Brief findet sich die Begebenheit wieder. «...und wenn Dein Sinn wäre von Stein wie Dein Bildniß, so müßte ich doch rufen / umarme mich / weißer Carrarischer Stein.« Es war diese sinnliche Ausdrucksfähigkeit, die Goethe zu neuen Sonetten inspirierte. Ihr Ausruf: «und wenn Dein Sinn wäre von Stein» wurde zu dem Sonett *Das Mädchen spricht*.

Es ist erstaunlich und beinahe unbegreiflich, wie unabdingbar Bettina nur in Goethe den Menschen erblickte, bei dem es ihr «zum erstenmal wohl», der ihr «angemessen» war.

Des Knaben Wunderhorn

Alte deutsche Lieder

L. Achim v. Arnim. Clemens Brentano.

Heidelberg, bey Mohr u. Zimmer.
Frankfurt bey J. C. B. Mohr
1806.

Die Liedersammlung *Des Knaben Wunderhorn,* das erste gemeinsame Werk der Freunde Achim von Arnim und Clemens Brentano, erlangte große Popularität und machte Arnims Namen bekannt. Nach Goethes Meinung sollte das Buch auf jeder Fensterbank liegen und die Lieder allzeit gesungen werden. Das entsprach Arnims Bemühen um gute Volksbildung durch Poesie, Lied und Gesang; er forderte darüber hinaus die Einrichtung von Sprach- und Singschulen, Wanderbühnen und Leihbibliotheken.

Hier fand sie Herausforderung und Erfüllung zugleich, hier hatte die Sehnsucht ein Ziel. «Ich mögte Deine liebe Hand mit meinen beiden an mein Herz drücken und Dir sagen, wie Hier und Dort ich Dich immer lieben werde, wie Friede und Fülle über mich gekommen ist, seitdem ich Dich weiß.» Sicher wäre sie glücklich gewesen zu hören, daß Goethe sich Riemer gegenüber zum Bewunderer ihres «geistreichen, wenn auch sehr barocken Wesens» erklärte. Eigenhändig schrieb er zwei weitere Sonette für sie ab, Zeichen der Freundschaft und Achtung, in denen sie beglückt die eigenen Worte wiederfand. Den Abschied von Weimar hatte sie in poetischen Bildern von verführerischem Zauber beklagt: dem Freund werde «die letzte Umarmung, was ihm sonst hundert Küsse und Worte waren». Daraus entstand Goethes Sonett *Abschied: War unersättlich nach viel tausend Küssen / Und mußt' mit Einem Kuß am Ende scheiden…*

Bettina sah sich bestätigt, fühlte sich «in Göttlichem Glanz wiedergeboren», fragte den bald Sechzigjährigen jubelnd: «bist Du nicht wieder ganz jung bei mir?» Sie sei gerade porträtiert worden, als sein blaues Kuvert mit den Sonetten eintraf, «und zum erstenmal glaubte ich an meine Seligkeit». Dabei läßt sie auch Arnim nicht unerwähnt, der gerade das Jahresende 1807 mit ihr bei Schwester Lulu in Kassel verbringt. «…am Tag treib ich mich mit Menschen, mit Musik und Büchern herum, abends sehe ich den Arnim, und unter unsern Gesprächen rauscht die Fluth meiner Liebe Gewaltsam in mein Herz, ich hab ihn gelehrt, wie man Dich lieben soll…» In Weimar hatte sie erreicht, was selbst Schiller nicht vermochte: daß der sonst zurückhaltende Goethe ihr das vertrauliche *Du* gewährte.

«Meine überflüssigen Liebkosungen»

Bettina in München – Achim in Berlin. 1808/1809

Wir müssen erst viel miteinander tanzen,
um miteinander in Takt zu kommen.
(Arnim an Bettina, 1808)

Wie zwei Einsame, die gewöhnt sind, an Festtagen bei Verwandten unterzuschlüpfen, verbrachten Achim und Bettina die Wochen nach dem Goethebesuch bei Schwester und Schwager Lulu und Karl Jordis (deren Ehe zu zerbrechen begann) und bei den Brüdern Grimm, die seither zu ihren besten Freunden zählten. Nach zwei Monaten unentwegten Beisammenseins ging Arnim Mitte Januar 1808 nach Heidelberg, um die *Zeitschrift für Einsiedler* zu gründen, an deren literarischem Programm sich so namhafte Autoren wie Hölderlin und Jean Paul, Schlegel und Tieck beteiligten; auch Beiträge von Bettina nahm er auf, die sich durch ihn zum erstenmal gedruckt sah. Arnim hauste in Heidelberg mit Clemens in einer gemeinsamen Wohnung und schrieb seine Gedichte am grünen, mit alten Stichen beklebten Stehpult.

Verwundert beobachtete der Student Eichendorff das unkonventionelle Treiben der Freunde. «Beide verhielten sich… wie ein seltsames Ehepaar, wovon der ruhige, mildernste Arnim den Mann, der ewig bewegliche Brentano den weiblichen Part machte…» Gerne wäre der «bewegliche» Clemens bereit gewesen, mit Freund und Schwester einen glücklichen Dreierhaushalt zu bilden; daß beide ihn später nicht bei sich duldeten, vermehrte noch die Erschütterungen seines Lebens und machte ihn heimatlos.

«Siehst Du, da bin ich wieder und plag dich, hab doch gar nichts zu sagen, als was ich alle Tage sag: ‹Arnim, lieber Arnim!›» Seit neuestem duzen sie sich, doch im Grunde hatten auch die neun gemeinsamen Wochen, die dem Weimaraufenthalt folgten, sie innerlich einander nicht nähergebracht: von einer Verlobung, wie die Geschwister sie wünschten, konnte nicht die Rede sein. Die Mißverständnisse rissen nicht ab, wenn auch Bettina deutlich machte, daß sie von ihrem Freund nicht lassen wollte und ihm aus Frankfurt ernsthaft mitteilte, was ihr allein wichtig sei: die Musik, die Natur, Goethe – und er, Arnim. «Ihr steht wie Säulen aufrecht in meinem Herzen; wenn eine sinkt, stürzt der ganze Tempel ein und zerschmettert mich... Geh! glaubs doch, daß ich Dich lieb habe.» Ihn davon zu überzeugen, war ihr nicht im mindesten gelungen. «Du magst meinen Scherz nicht, Du magst meinen Ernst nicht, was ist Dir denn noch lieb an mir?» fragte Arnim sogar.

Er arbeitete wie besessen, dichtete einen Sonettenzyklus, warb um Zeitungsbeiträge und hatte für lange Briefe keine Zeit. Die erste Ausgabe der «Einsiedlerzeitung» erschien, und schmerzlicher denn je wurde Bettina bewußt, zur Tatenlosigkeit verdammt zu sein. Der Freund war zu beneiden, er hatte die Schweiz, Paris und London gesehen, er lebte frei und produktiv und konnte, von einem Kreis gleichgesinnter Menschen umgeben, seinem Beruf nachgehen. Und sie? Eine «Weltumstürzerin» hatte sie sein, große Taten vollbringen wollen – nun nahm sie Gesangsunterricht, stickte ein Halstuch für Goethes Frau Christiane, fertigte Scherenschnitte und lebte in der vagen Hoffnung, als Sängerin Karriere zu machen: Ostern wird sie zum erstenmal öffentlich in Pergolesis *Stabat Mater* auftreten. Aber eine Arbeit zu übernehmen, Geld zu verdienen wäre ein Skandal gewesen. «Ich hab mir oft vorgenommen, meine Liebe unabhängig von Deinem Schicksal zu erhalten...» Tapfer verteidigte sie ihre Selbständigkeit. In Wirklichkeit war sie unausgefüllt, «besonders

So vortrefflich, wie die Marmorbüste ihn darstelle, hoffe er einmal zu werden, schrieb Clemens Brentano seiner Geliebten Sophie Mereau. Die Porträtbüste des Bildhauers Friedrich Tieck, Bruder des mit Brentano befreundeten Dichters Ludwig Tieck, zeigt den fünfundzwanzigjährigen jungen Autor kurz vor seiner Hochzeit mit der Dichterin Sophie Mereau im Oktober 1803.

wenn ich von Politik sprechen höre oder Geschichte lese, ich möchte dann etwas tun, was das gemeine Wohl befördert, eine Wissenschaft treiben...». In der Familie stießen ihre Klagen auf Unverständnis, Schwager Savigny, an seiner mehrbändigen *Geschichte des Römischen Rechts* arbeitend, riet ihr in männlicher Überheblichkeit, sich einen «Stuben- oder Taschenhimmel» einzurichten. Aber mit einem «Stubenhimmel» war die Glückseligkeit einer Bettina Brentano nicht zu erlangen.

Ein einziges Mittel gegen Trübsal gab es: den Briefwechsel mit Goethe. Der Dichter dankte ihr, daß sein Sohn August, ein Jüngling von neunzehn Jahren, beim Besuch der Frankfurter Großmutter so freundlich aufgenommen wurde, und Bettina berichtete im Gegenzug von ihrem Verhältnis zu Arnim, das sie mit einer seltsamen Philosophie begründete. «Er hat ein frisch lieb Angesicht und ein tapfer Gemüth und ein edel Herz, was kann man anders machen, hinten und vorne steht der Tod, da muß man sich freilich das Leben herbeiziehen.» Nach dieser nicht eben stichhaltigen Erklärung bricht die Leidenschaft zu ihm, Goethe, um so heftiger hervor. «Küß mich und umarm mich; da werd ich Dich küßen, ganz gewiß, und vergehn vor Freude.» Es war eine Liebe, die sich selbst erfand und gerade dadurch unangreifbar war. Dem Adressaten schienen ihre zärtlichen Bekundungen keineswegs zu mißfallen. In sechs Briefen dieses Jahres 1808 erklärte Goethe sich zum Freund, dankte auch für die Sendung von «chinesischen» Liebesäpfeln auf zart erotische Weise. «Ist es wahr, was die verliebten Poeten sagen, daß kein größeres Vergnügen sey, als das Geliebte zu schmücken, so haben Sie, vortreffliche kleine Freundin, das größte Verdienst um mich...» Solche Antworten machen Bettina glücklicher als Arnims nüchterne Berichterstattung.

Ihn traf sie wieder in Winkel am Rhein, auf dem Brentanoschen Landgut, wo Franz und seine Frau Antonia sie im Juni 1808 für mehrere Wochen freundlich bewirteten. Es fehlte an nichts, sie machten in der schönen Umgebung Ausflüge, wanderten und badeten, es hätten die schönsten Ferien werden können – doch mit dem Zusammensein klappte es nicht. Sie verstanden sich nicht, vielmehr sie mißverstanden sich «wie Messer und Gabel». Bettina war eigensinnig, eingebildet und verwöhnt. «An demselben Abend kam Arnim… und nun war er da, und es war um nichts besser», lautete Bettinas Bericht an Savigny, «was soll man also anfangen mit diesen stummen Gästen?» Für sie war er eine «brummige Natur», ein Philosoph und «Prediger». Arnim wiederum stieß sich an ihrer Eitelkeit, ihrer Rücksichtslosigkeit und der gedankenlosen Witzelei. Was für ein Unterschied zu der mädchenhaften Auguste in Königsberg! Hier fühlte er sich so unwohl, daß er nichts zu sagen wußte und grußlos aus dem Zimmer schlich. Höflich dankte er danach für die leider verregneten Ferien mit der Entschuldigung, bei einem «hellen Himmel» wäre zum Guten vielleicht «auch das Beste gekommen».

«Das Beste?» Konnte das Wetter schuld an seinem Unbehagen sein? Ein anklagender, zorniger Brief enthält die Antwort. «Ich lag einmal im Bette und wollte, daß ich da Gewalt angetan, wo ich geneckt wurde – der böse Geist in mir lacht mich tausendmal aus wegen meiner Tugend…» Das also war es, was er sich – und ihr – nicht verzieh: die Enttäuschung über den nicht genossenen Genuß. Er war allein mit ihr gewesen, im Zimmer, im Bett, sie hatte gelockt, geneckt und sich ihm wieder entzogen, wie sie es auch sonst im Spaß mit ihm trieb, und er hatte es nicht fertiggebracht, ihr «Gewalt» anzutun. Der fast Dreißigjährige empfand seine Schwäche als Scham. *Erwacht Dein alter Adam gar zu mächtig, sei kunstreich in Verführung, des Genusses lachend, ein Weib hat einen Körper wie die andre…* Sein männliches Versagen hatte ihn tief getroffen, nun sollte sein Spott, beißend und aggressiv, auch sie treffen: warum waren sie «bei einer halben Schlechtigkeit», der «halben Lust» stehengeblieben? Er konnte sich die Unterlassungssünde nicht verzeihen und schüttete Bettina seine Enttäuschung in Ausdrücken vor die Füße, wie er sie bei einer anderen kaum gewagt hätte. «Ein Weib hat einen Körper wie die andre», damit erniedrigte er sie zum Objekt seiner Lust. Mit einer derben, ungezügelten Bemerkung über seine «stets erhitzte Brunst» bedauerte er die Dummheit, nicht mit ihr geschlafen zu haben. Das sexuelle Mißlingen wurde ihm zum Indiz ihrer körperlichen Unvereinbarkeit, wie es in geistiger Hinsicht ihr permanentes Mißverstehen war. Zwar sei sie klüger als die meisten Mädchen, doch habe ja auch sie schon gemerkt, daß er sich mehr und mehr von ihr zurückziehe.

Eine andere Frau hätte die Konsequenzen gezogen. Nicht Bettina. Ihre Liebe sei ein Geschenk, das sie ihm großzügig darbiete, erklärte sie in schöner Selbstzufriedenheit. Ihr ganzes Wesen sei *Lieben* – sie sagte es Arnim mit den gleichen Worten, die sie auch an Tieck gebrauchte (der ihr nicht antwortete). Ihr Selbstbehauptungswille war ungebrochen. Weder Arnims männliche Probleme noch seine unmißverständlichen Kränkungen brachten sie aus der Fassung. Eher drehte sie den Spieß um: gerade sein «nachgebender» Verzicht auf die körperliche Vereinigung binde sie fortan noch fester an ihn.

Erstaunlicherweise hat Bettina sich nie zur Form der «freien Ehe» bekannt, wie sie in den Romanen ihrer Schwägerin Sophie Mereau nachdrücklich gefordert wird. War ihr klar, daß sie Arnim damit endgültig verloren hätte? Für ihn war die Ehe heilig und unantastbar, war das Fundament der Gesellschaft und ihm so wichtig, daß er auf diesem Thema einen ganzen Roman aufbaute: *Armut und Reichtum, Schuld und Buße der Gräfin Dolores*.

Je mehr er zurückwich, desto mehr preschte sie vor. Sie habe in Frankfurt Madame de Staël kennengelernt, berichtete sie auftrumpfend, «sie bat mich dringend, Dich zu heiraten», worauf sie entgegnet habe, Arnim sei ein Vogel, dem

Bettina, die sich ihrer «Knabenhaftigkeit» wegen gern mit Goethes *Mignon* verglich, war auch in «Knabenkleidung» zu Goethe nach Weimar gefahren. Sie ließ sich 1807 die langen Haare abschneiden, um sie «in Richtung Preußen» zu kämmen, wo sich der patriotisch gesinnte Arnim befand, dem sie anbot, mit ihr zu reisen, zu singen und zu dichten: «fort in die Welt, nach Italien...»

man die Schwingen nicht beschneiden dürfe. Die vermutlich aus der Luft gegriffenen Klatschereien machten Arnim vollends wütend. Er beschuldigte sie der Lügenhaftigkeit und verurteilte ihre Eitelkeit, sich stets an berühmte Leute zu hängen, was schon Clemens ihr angekreidet hatte. Er, Arnim, habe das nicht nötig, Madame de Staël lud ihn, wie August Wilhelm Schlegel, in ihr Schloß Coppet am Genfer See ein, und er würde ihr folgen, wenn er das nötige Geld besäße. Derart «harte und eigentlich erniedrigende» Anschuldigungen treiben Bettina nun doch die Tränen in die Augen. Dann aber setzt sie erneut zur Offensive an, beginnt – jetzt erst recht – mit der ihr eigenen Eroberungstaktik. Bis zur Demut unterwürfig, bettelt sie um Liebe. «Soll ich Dir noch schmeicheln? Warum schickst Du mich nicht fort?» Sie drückt ihm verzweifelt Küsse auf Haare, Mund und Hände «und Dein Herz, ach gelt, es ist zu viel… So kommen mir auch meine überflüssigen Liebkosungen vor, und doch, will ichs lassen, so kann ich nicht.»

Einsamkeit macht verführbar. Arnim, der seine «Einsiedlerzeitung» aus Mangel an Interessenten nach fünf Monaten einstellen mußte, wurde krank, und als Bettina ihn im Juli 1808 in Savignys Namen (der schon das Zimmer gemietet habe) in ihr Hotel nach Schlangenbad lockt, läßt er sich überreden. Seine Melancholie rührt unwiderstehlich an ihr Herz. Er hatte in einem Gedicht geklagt, daß seine Mutter durch ihn starb und ihn *nackt und bloß* in der Welt zurückließ – nun will sie seine Mutter sein und ihn wie ein Wickelkind in den Schlaf wiegen. Sie weiß, daß sie zudringlich wirkt – aber nur so konnte sie ihn zurückgewinnen. «Komm doch nur bald», bittet sie, «daß ich mich noch zum allerallerletzten Mal in Deine Arme lege, und leb wohl! Was soll und kann ich Dir noch von Liebe sagen… nur Küsse kann man wiederholen, und das war Dir ja zuweilen schon zu oft.»

Halten konnte sie ihn nicht. Wieder kam es zu keiner Verlobung. Im Gegenteil. Am 18. Oktober 1808 erhielt Arnim ein Schreiben seiner Großmutter. Frau von Labes teilte ihrem Enkel in gebotener Strenge mit, sie sei es leid, ihn und seinen Bruder weiterhin finanziell über Wasser zu halten, da ihr Vermögen durch den verlorenen Krieg, die Besatzungslast und die Inflation dezimiert sei. «Ihr erwerbet nichts, lebet mit Kosten, statt obgl. ihr wohl feil in eurem Eigenthum leben könntet; warum wohnet ihr nicht wenigstens auf euren Gütern? lernet darauf die landwirtschafft, um nach etlichen Jahren Euch selbst, wie andere Edelleuthe, damit beschäfftigen zu können.» Damit forderte sie ihn auf, unverzüglich nach Berlin zurückzukehren, und stellte ihre monatlichen Zahlungen ein.

Arnim war gezwungen, sich ernsthafte Gedanken über die Zukunft zu machen. Er sitze, schrieb er Clemens, «auf meinen Kasten und Koffern herum, als ob ich darein wurzeln möchte». Aber es hatte keinen Sinn, noch länger in Heidelberg zu bleiben. Der einzige Grund, den es allenfalls gab, hatte Frankfurt vor ihm verlassen. Bettina war mit Gunda nach München gefahren, nachdem Savigny einen Ruf an die bayrische Universität in Landshut angenommen hatte. Bis Aschaffenburg hatte Arnim die Schwestern begleitet und den langen Abschied, der ihm unerwartet schwer gefallen war, in ein Gedicht gekleidet: *Der Wagen schwand, der Schmerz kam nun zu Worte, / Es drückte mich der Tränen Finsternis* – es tat ihm doch weh, sie davonfahren zu sehen. Sie liebte ihn, sie glaubte an ihn, und immerhin fand er, der Einsame, in ihrer Freundschaft eine Art Zuhause.

Zum erstenmal in ihrem Leben war Bettina auf sich allein gestellt. Bei der befreundeten Familie de Moy in der Münchener Rosengasse bezog sie mit Gunda, die bald zu Savigny nach Landshut reiste, eine Zweizimmerwohnung und führte ihren eigenen Haushalt. Mit vierundzwanzig Jahren der Familienkontrolle endlich entronnen, vom Vormund Franz mit Geld aus dem väterlichen Erbe versehen, das ihr durch Savigny zugeteilt wurde, genoß sie eine unbeschwerte Zeit des Jungseins, menschlicher Begegnungen und geistiger Anregungen, wie sie jungen Frauen damals sonst kaum gestattet war.

In München traf sie den kranken Ludwig Tieck wieder, der in schwieriger Ehe und ständiger Geldnot lebte: er liebte Henriette von Finckenstein, die Kusine seines Freundes Wilhelm von Burgsdorff, der seinerseits ein Verhältnis mit Tiecks Frau Amalie unterhielt. Zum Ärger von Caroline Schlegel besuchte Bettina ihn täglich, bis sie dem «Däumerling» die Freundschaft kündigte, weil er sich abfällig über Goethe äußerte. Gleichzeitig entwickelte sie eine intensive Beziehung zu Friedrich Heinrich Jacobi, Goethes Freund und Präsidenten der Akademie, mit dem sie, vertraulich Hand in Hand sitzend, philosophische Gespräche führte. Mehrmals kam sie mit einem alten Freund der Familie zusammen, dem kaiserlich-österreichischen Gesandten Graf Stadion, der ihr die Augen für politische Zusammenhänge öffnete. Auf einem Ball – wozu sie sich ihr rotes Kleid mit den Goldkordeln und den Schwanenpelz aus Frankfurt schicken ließ – lernte sie den bayrischen Kronprinzen Ludwig kennen, mit dem sie die neugewonnenen politischen Ansichten austauschte – für die Tiroler Freiheitskämpfer, gegen Napoleon – und ihn so gut unterhielt, daß er ihr zum Dank ein Trinkglas übersenden ließ.

Das Blatt hat sich gewendet. Bisher war es Arnim, der unabhängig leben konnte, jetzt hielt Bettina Einzug in die Welt der Intellektuellen. Ein Jahr lang genoß sie ihre Freiheit und die Gelegenheit, neue Bekanntschaften zu schließen. Zu ihren Freunden wurden der Sammler Sulpiz Boisserée, der Philosoph Franz von Baader und Karl Friedrich von Rumohr, Kunsthistoriker und «Liebhaber der Wissenschaften», wie sie Goethe stolz versicherte.

Die Chancen zu neuen Bekanntschaften ließ aber auch Arnim nicht ungenützt. Noch in Heidelberg verliebte er sich Hals über Kopf in Mademoiselle Köhler, «der ich wohl vier Wochen brennend gut war», und traf eine ehemalige Flamme wieder, Jeannette, die Frau des Verlegers Dieterich, zu der er als Student in Göttingen ein zärtliches Verhältnis unterhielt. Mit seiner Dauerfreundin Bettina konnte er offen darüber sprechen: in beiden Fällen endete die Begegnung enttäuschend. «O Schönheit, was bist du für ein lächerlicher Schneemann!» Es ging ihm in Wirklichkeit nicht gut. Eine schwere Knieverletzung, die ihn für Wochen reiseunfähig machte, kann als Indiz für seine miserable psychische Verfassung gelten: Arnim hatte Angst vor der Zukunft.

Nur eine Genugtuung war ihm auf der Reise nach Berlin noch beschieden: Weihnachtstage in Weimar. Voller Stolz berichtet er Bettina von dem Beifall, den ihm Goethe und dessen vornehme Besucher für seine neue Novelle spendeten, Goethe selbst habe ihn mit gleich zwei Küssen bedacht. Neidisch («Arnim war glücklicher als ich») beteuert sie daraufhin dem Dichter ihre Liebe, der erheitert zurückschreibt, nicht nur Arnim, sondern auch andere Männer hätten von ihr geschwärmt: «Dergleichen Sünden magst du denn mancherley auf dir haben...» Arnim setzte inzwischen die Reise fort, zögernd und zweifelnd. Die Epoche unbeschwerter Jugend ging mit seiner Heimkehr zu Ende.

Berlin war nicht mehr die Stadt, wie sie Arnim vor zwei Jahren verlassen hatte. In der niedergedrückten, drangsalierten, geplünderten und verarmten preußischen Residenz machten sich der verlorene Krieg und die Lasten der französischen Besatzung lähmend bemerkbar. Die Regierung und das Königspaar, an dessen Hochzeit der zwölfjährige Arnim staunend teilgenommen hatte, befanden sich im Jahre 1809 noch in Königsberg. Die wirtschaftliche Lage des Landes war verheerend. Wilhelm von Humboldt, zum Minister für Kultus und öffentlichen Unterricht ernannt, schildert seiner Frau die Situation. «Berlin ist zu einem Dorf geworden. Es gibt kaum Wagen, man geht an Hof zu Fuß im Frack… bei Diners und Soupers brennt man Talg.»

Um nicht bei der Großmutter wohnen zu müssen, zog Arnim zu seinem Schulfreund, dem Astronom Pistor in die Mauerstraße. Die Stimmung war gedrückt. Laut Ludwig Tieck und Friedrich Schlegel besaß er kein Talent zum Dichter, was ihm Clemens sofort hinterbracht hatte. Da nützte ihm auch Bettinas Erklärung nichts: «Du fragst mich, ob ich Deine Poesie ernstlich liebe? Ich liebe Dich in Deinen Liedern, mehr kann ich nicht sagen.» Er hatte die Lust zur Schriftstellerei verloren – doch wovon sollte er leben? Keinesfalls als Landwirt, lieber bewarb er sich bei Humboldt um eine Stelle im Staatsdienst.

Das Ergebnis seiner Bewerbung war niederschmetternd. Eigentlich schätzte Humboldt den «Wunderhornmann» und wäre ihm gern behilflich, schrieb er seiner Frau Caroline. «Allein er hat so derbe Streitigkeiten mit Voß und Jacobi und geht in solcher Pelzmütze und mit solchem Backenbart herum und ist so verrufen, daß nicht daran zu denken ist.» Zum Diplomaten schien Arnim nicht geeignet, man konnte ihn seinem Äußeren nach eher für einen Revolutionär halten, der auf aristokratischen Umgang ebensowenig Wert legte wie auf geschliffene Umgangsformen. Für eine monarchistisch geprägte Gesellschaft aber, die sich nach Niederlage und Demütigung neu zu formieren begann, galt Rebellion gegen Konvention und Sitte ebenso als Zeichen von Aufsässigkeit und Auflösung wie die in der «Einsiedlerzeitung» veröffentlichten literarischen Fehden gegen Voß. Eine Karriere im Staatsdienst blieb Arnim vorerst versagt.

Die Enttäuschung belastete auch sein Verhältnis zu Bettina. Unsicherheit, Bewährungsängste und der notorische Geldmangel wirkten einschnürend, seine Situation spiegelte sich in bitteren Versen (*Vergolde die Nüsse, sie bleiben doch hart*) und in Spottgedichten (*Es geht die Welt in Sprüngen, / Und wer den Takt nicht hält, / Auf seine Nase fällt*...). Es quälte ihn auch die politische Lage der Nation. Napoleons Truppen hatten Regensburg erobert, nun drohte Österreich mit Krieg – «das Herrliche und Traurige der ganzen Menschheit und das Schreckliche des Einzelnen tritt uns sehr nahe».

Seine Niedergeschlagenheit wuchs noch, als er hörte, daß Auguste, seine Königsberger Liebe, einen doppelt so alten Mann nahm, den Präsidenten der ostpreußischen Kriegs- und Domänenkammer von Wißmann. «Ich bin kein Seiltänzer, vor dem einem schwindeln kann», hatte er in einem 32 Folioseiten langen Rechtfertigungsbrief an ihre Mutter geschrieben, «ich bin ein Wanderer, der den Staub seines Weges nieder weint.» Merkwürdig: bei Frau von Schwinck pries er seine «gütige Freundin Bettina» – ihr selbst gönnte er kein lobendes Wort. Bettina aber bezog ihn gleichmäßig liebevoll in ihr Münchner Denken ein. «Da sitze ich am Herd und koche mir meine Suppe... wenn wir wieder zusammen kommen, so koche ich auch für Dich.» Das aber wollte er unter keinen Umständen.

Zu seinen Bitternissen gehörte, daß er das väterliche Schloß Friedenfelde in der Uckermark vom Krieg verwüstet und unbewohnbar vorfand, während Bettina ihm zur gleichen Zeit mitteilte, daß sie mit den Brüdern ein Landgut in Böhmen, Bukowan, für 18 000 Taler erworben habe. Sie war reich – er war arm wie eine Kirchenmaus, besaß keinen überschüssigen Taler und mußte sogar seinen einzigen Diener entlassen. «Im Grunde, wie wenig verlang ich, und doch find ich es nicht!»

Am meisten aber quälte ihn die Vorstellung, den falschen Beruf ergriffen zu haben. Schriftstellerei für Geld sei ihm verhaßt, betonte er, und «von Andrer Gnade zu leben wäre mir Tod». Hätte er nicht Politiker oder zumindest Offizier werden, «das Buch mit dem Schwert» vertauschen sollen? Bettina war außer sich. «Arnim! warum machst Du Dir Vorwürfe über das, was Du tust und nicht tust!» rief sie. Ein Dichter besaß höchstes Prestige, besonders, wenn er arm war. «Ein Dichter, lieber Arnim, ergibt sich in den Schutz Gottes und in die Würde seines Schicksals.» Was sollte er mit einer profanen Stellung? Er mußte der Dichtkunst, «der heiligsten aller Künste», treu bleiben, nur dann könne sie sagen: «wie muß ich Dich ehren, wie lieben!»

Solche Beschwörungen verfehlten ihre Wirkung nicht. Arnim war geschmeichelt, er brauchte Zuspruch. Als sie ihm ihr kleines Porträtbild schickte, das sie für ihn malen ließ, erkannte er sie erfreut, erschüttert wieder: das ernste, schmale Gesicht, von dunklem Haar unordentlich umrahmt, sein Geschenk, die Bernsteinkette aus Königsberg, um ihren Hals. «In Deinen Augen flammt ein Wunderlicht, das Dich immer jung erhält...» Er möchte die Jahre zurückdrehen und denkt daran, wie er beim ersten Zusammensein an den Rhein ziehen wollte, wo ein kleines Gut zu haben war. Wie damals möchte er durch ihre Tür treten – ob er auch bleiben möchte, sagt er nicht.

Vergeblich forderte Gunda die Schwester auf, ihr nach Landshut zu folgen, wo Savigny eine Professur angetreten hatte und sie ein gastfreies Haus führten. Bettina verlängerte ihren Münchner Aufenthalt mit der Begründung, daß Peter von Winter sie zur Sängerin ausbilden wolle. Der Unterricht des namhaften Opernkomponisten scheint eines erotischen Fluidums nicht entbehrt zu haben: «die Leute sagen, der Winter sei in mich und ich in ihn verliebt». Ludwig Grimm hat die seltsame Praxis der Gesangstunden witzig geschildert. Als er kam, um Bettina – die den jungen Maler auch finanziell unterstützte – zu porträtieren, war sie eben dabei, auf einem Stuhl stehend dem «Eisbären» Winter die Notenrolle im Takt auf den Kopf zu schlagen! Der Unterricht verlief ohne jedes System. Bettina besaß keine Disziplin und vertrat die Meinung der Romantiker, komponieren müsse, wie Dichtung, der Intuition entspringen. Sie selbst schuf viele Liedkompositionen, darunter die *Mignon*-Lieder, die sie mit schöner Altstimme sang – Achim als erster hatte sie zu Kompositionen angeregt.

Ein Porträt von Ludwig Grimm zeigt die Vierundzwanzigjährige mit dem *Wintergarten* im Arm – unter diesem Titel hatte Arnim Ostern 1809 eine Reihe von Novellen veröffentlicht, in denen Stoffe aus der altdeutschen, englischen und italienischen Literatur zu neuem Leben erweckt, «verlorne Töne der Poesie» dem Vergessen entrissen werden sollten. Görres bewunderte Arnims «leichten Schlittschuhschritt, der bisweilen so tief einschneidet, daß das Grundwasser durchbricht und den Leuten in die Augen spritzt...». Clemens berichtete, daß Goethe das Buch «mit ungemeiner Liebe» gelesen habe, allerdings mit der Einschränkung, dieser talentvolle Dichter streife oft plötzlich «an Wahn und Traum». Die Bemerkung trifft ins Schwarze. Die Handlung der Arnimschen Erzählungen wechselt oft unvermittelt und unerklärlich aus der Realität in die Welt der Irrealität und gewinnt eine übernatürliche, surrealistische Dimension, die den Lesern offenbar unverständlich war.

Die Rahmenhandlung, die neun «Winterabende» umschließt, spielt in der französischen Besatzungszeit. Unter den Versammelten befindet sich auch Bettina, die «Geniale»: «sie gab mit dem ersten Händedrucke einige Schneebälle in die Hände der Freundschaft», schrieb Arnim boshaft. Der Erzähler kritisiert im übrigen die emanzipierten Frauen, die er mit «fleischfressenden Raben» vergleicht – ihre Opfer sind die Männer, die Liebe ist nur «ein augenblicklicher Waffenstillstand für den ewig wiederkehrenden Zank». Waren es, wie Jacob Grimm meinte, Arnims eigene Erfahrungen, die das Werk autobiographisch durchzogen?

Bettina, überwältigt vom Doppelgeschenk des Buches und der Widmung, idealisierte den Verfasser zum Halbgott und liebte die Vorstellung, die sie sich von ihm machte, bald mehr als ihn selbst. «Ich seh Dich in Gedanken so weit oben schweben mit vergoldeten Schwingen, wie der Adler unter der Sonne, und das Zaunköniglein Bettine, das setzt sich warm unter Deinen Flügel und läßt sich mit in die Höhe tragen.» Kein Bild hätte diesen Lebenstraum besser illustrieren können: mit ihm, dem Dichter, will sie in die Sphäre von Ruhm und Unsterblichkeit aufsteigen.

Dann kam es zu einer Überraschung: Arnim sprach endlich vom Heiraten. Bisher hatte er das Thema vermieden, hatte alle ihre Anspielungen diskret überhört und sich den Unsinn verbeten, an einem Tag Goethe, am nächsten ihn besuchen zu wollen. Man kann nicht behaupten, daß er sie geschont hätte. «Wohl haben mich hier einige Mädchen gereizt, ich habe mit ihnen ein paar Abende rasend getanzt», berichtete er herzlos und fügte trotzig an: «weiter reichte es doch nicht, ich blieb Dir doch allein vertraulich gut.»

Sie bleibt gelassen wie eine Dramaturgin, die den Ablauf des Stückes im Griff hat. Ihre Liebe tritt in verschiedener Gestalt auf: als Kind, als Freundin, als mythisches Schicksal: «Oft komme ich mir vor wie ein Geheimnis, das über Dir ruht…» Ihre Briefe sind Meisterstücke der Verführung. Raffiniert huldigt sie seinem Schöpfertum, beschwört die Orte ihres Zusammenseins, bietet ihm den kronprinzlichen Becher zum Zeichen, daß jede Eifersucht überflüssig sei.

Als aber Arnim weiter zurückhaltend bleibt, auf keinen ihrer Vorschläge eingeht, nie von Verlobung spricht, spielt sie ihre letzte Karte aus: sie wird ihn mit Clemens besuchen. Ob sie tatsächlich nach Berlin fahren will, ist ungewiß (und keinesfalls erlaubt). In einem gleichzeitigen Brief an Savignys (vom 4. August 1809) heißt es: «Arnim ist doch der Mensch, der alles Recht auf mich hat, und wenn ich auch nicht mit ihm geheuratet bin, so gehören wir nicht minder zusammen als Ihr beide… Es muß auch noch geschehen.» Damit es endlich geschieht, setzt sie den Freund gehörig unter Druck: sie komme und bleibe – oder verschwinde für immer aus seinem Leben.

Bettinas Ankunft schon vor Augen, hat Arnim keine Wahl, und im nächsten Brief erwähnt er eilig die Heirat. Spürbar quält ihn, das auszusprechen, was er sieben Jahre lang vermieden hatte. «Paßte ich in irgend eine bürgerliche Ordnung und könnte eine Frau ernähren, so könnten wir uns wie andre ehrliche Leute dreimal aufbieten lassen, Gäste laden, kochen und backen und heiraten», antwortet er im August 1809, um sofort einen Rückzieher zu machen: es wäre doch besser, «wenn die Menschen einander erst zur Probe heirateten, wie sie sich miteinander vertrügen, z. B. auf vier, acht, sechzehn Wochen...» Er habe in der Bibel und sogar im preußischen Landrecht vergeblich nach Ratschlägen zur Ehe gesucht. Bettina solle seinen Vorschlag überdenken – vielleicht mag sie ihn auch gar nicht mehr.

Was immer es war – ein leidenschaftlicher Liebesantrag war es nicht. Bettina ging mit keiner Silbe auf seine halbherzigen Worte ein und kam auch nicht nach Berlin. Wie hätte sie auch auf den Hinweis, «in besseren Zeiten» über eine Probeheirat nachzudenken, reagieren sollen? Sie durchschaute die Vorbehalte. Stand nicht hinter dem Vorschlag einer «Heirat auf Probe» seine Angst vor der Ehe mit ihr?

«Was weiß ich selber von mir und der Liebe?»

Der Konflikt: Arnim oder Freyberg. 1810

Deine Liebe leuchtet mir wie ein Karfunkel durch die Brust. Seit ich Freund mit Dir bin, bin ich in die üppigste Gegend meiner Lebensbahn geraten.
(Bettina an Max von Freyberg, 1810)

In Landshut seien ihr «Schätze zugeflossen», von deren Existenz sie keine Ahnung hatte, schreibt Bettina am 6. Juli 1810 an Goethe. Sie meint damit nicht Bildung, nicht Literatur- oder Musikunterricht. Die Rede ist von einem Studenten, der sie, nachdem sie auf Savignys Wunsch von München nach Landshut kam, tief beeindruckt haben muß. Zuerst läßt sie Savignys andere Studenten vor Goethe Revue passieren: den Mediziner Ringseis mit dem schwarzen Schnauzbart (er wird später Pate eines ihrer Söhne), Schenck, einen schauspielerisch begabten Juristen, Salvotti und Gumppenberg – bevor sie auf den kommt, um den ihr zu tun ist: Max Prokop Freiherr von Freyberg. Obwohl erst knapp über zwanzig, ist er der intelligenteste, der klügste, der «bedeutendste unter allen», mit einer männlichen Gestalt, als ob er dreißig wäre (das ist Arnims Alter), «groß und stark, ein Gesicht wie eine Römische Gemme…». Daß sie bereits einen intensiven Briefwechsel mit ihm unterhält und ein Wiedersehen verabredet hat, geht Goethe nichts an. Von Achim, den sie im Juni 1810 in Bukowan wiedergetroffen hatte, nebenbei kein Wort.

Im Tagebuch hielt Max von Freyberg die Landshuter Abende fest, an denen er sich mit Studenten und Professoren zum Musizieren, Schach- und Billardspiel, zu Lesungen und Gesprächen im Hause Savignys traf, wobei er die junge Schwägerin nicht übersah, neben der selbst die Gastgeberin Gunda verblaßte. Ohne Zweifel war die fünfundzwanzigjährige Bettina der Mittelpunkt dieser Zusammenkünfte. Die Münchner Erfahrungen und Kenntnisse verliehen ihrer ohnehin ungewöhnlichen Erscheinung eine Strahlkraft, der man sich nicht entziehen konnte. Sie allein besaß das Besondere, schreibt der damalige Student Alois Bihler, der ihre zarte Gestalt, die «weniger blendend schönen als interessanten Züge» unwiderstehlich fand. «Mit unergründlich dunklen Augen und einem Reichtum langer, schwarzer Locken schien sie wirklich die in's Leben getretene Mignon» zu sein. Zur äußeren Schönheit kam ein lebhaftes Wesen «voll poetischer Glut und Phantasie» und eine große Warmherzigkeit – Bihler erlebte, wie Bettina, von einem Bedürftigen angesprochen, kurzerhand eine Geldrolle in zwei Hälften brach und dem Fremden ohne zu zögern die größere Hälfte überreichte.

«Unwiderstehlich» war ihre Wirkung auch auf Max von Freyberg, der sie nicht aus den Augen ließ. «Wer diesem eigentümlichen Wesen jemals nahe getreten war, konnte es im Leben nicht mehr vergessen.» Bettina wurde sein «gleichgeschaffner Engel», man erfährt es aus dem Tagebuch, das sich bis heute in Familienbesitz befindet. «Liebe Freundin – O wie unaussprechlich viel dank' ich Ihnen!» Er hätte ihr nicht so schnell seine Gefühle verraten, wäre nicht bekannt geworden, daß sie Landshut wieder verlassen würde, gemeinsam mit Savigny, der den von Humboldt ausgesprochenen, von Arnim übermittelten Ruf an die Berliner Universität angenommen hatte. Freyberg bekannte der vier Jahre Älteren seine Neigung und erfuhr, daß auch sie, mit ihrem Sinn für männliche Schönheit, ihn allen anderen vorzog.

Ein beseligender Frühling beginnt. Sie flirten und schwärmen, erfinden eine Geheimsprache, entdecken ihre Gleichgesinntheit. Man stieg in die Berge, philosophierte, sprach von Goethe und las die gerade erschienenen *Wahlverwandtschaften*, die von Arnim mit verärgerter Kritik, von Freyberg mit heller Begeisterung aufgenommen wurden. Daß Bettina den Autor persönlich kannte, war ein Grund mehr, sie zu bewundern, und andächtig genoß sie, wovon sie nie genug bekommen konnte: Anerkennung, Bestätigung, Liebe.

Als Savigny und seine Familie im Mai 1810 in Richtung Berlin aufbrachen, wobei ein Urlaub in Wien und Bukowan eingeplant war, begleiteten Studenten mit Pferd und Wagen die Abreisenden. Neben Bettina auf dem Kutschbock fuhr Max von Freyberg bis Salzburg mit. Im Gasthof lagen ihre Zimmer nebeneinander, sie sahen das Sternbild von Castor und Pollux und wählten es zum Symbol der Unzertrennlichkeit. «Sie neigte ihr Haupt ganz zu dem meinen herüber», notiert Max überwältigt. «Aber meine Seele ist fest geblieben.» Noch einmal stiegen sie hoch in die Berge. «Wer weiß, was sich Göttliches in uns verbirgt», sagte Bettina mit leuchtenden Augen, bevor sie sich trennten (berichtet das Tagebuch).

Gelegenheit, dieses «Göttliche» schon auf Erden zu erfahren, bot sich in Wien, wo Savignys wegen eines erkrankten Kindes vier Wochen blieben. Bettina setzte es durch, den berühmten Beethoven zu besuchen, obwohl man sie vor seiner Menschenscheu warnte. Sie profitierte von der Beziehung ihrer mit Beethoven bekannten Schwägerin Antonia von Birkenstock und suchte den Komponisten in seiner Wohnung auf. Die Begegnung verlief über Erwarten gut. Gerade hatte der vierzigjährige, im Zenit seines Ruhmes stehende Komponist vier Goethelieder vollendet, und die junge Frau verstand es so gut, ihn ins Gespräch zu ziehen, daß er sie auch an den letzten Wiener Tagen mehrmals im Birkenstockschen Haus aufsuchte. Bettina versuchte von da an, zwischen Beethoven, der Goethe die Musik zum *Egmont* übersandte, und ihrem Idol zu vermitteln. Wieder war es ihr gelungen, sich mit einer genialen Persönlichkeit «vertraut zu machen», wie Arnim geringschätzig bemerkte. Aber er, dem als Mann jeder Bereich offenstand, hatte es auch nicht nötig, sich den Großen der Welt zu nähern, während ihr als Frau deren Freundschaft vielleicht die einzige Möglichkeit bot, sich Geltung zu verschaffen und Wirkung zu erlangen. Sie fand es keinesfalls herabwürdigend, sich in männlicher Größe glanzvoll zu spiegeln. Mit Genugtuung meldete sie Max von Freyberg, daß selbst ein Beethoven sie, Bettina Brentano, «von allen anderen unterschied». Es war ihr Stolz, aufzutauchen aus der Mittelmäßigkeit, «herauszutreten ans Licht» (wie Goethe ihr geraten hatte), auserwählt und durch ein königliches Genie gleichsam geadelt zu sein.

Freybergs Briefe handeln von nichts als Liebe. In halb religiöser, halb romantischer Verklärung («Sie sind die Braut meines Gemüts») verwandte er eine Art Luther-Sprache, um das zu sagen, was auf andere Weise sündhaft gewesen wäre. Auch wenn er seine Liebe als eine nichtirdische bezeichnete, war sich Bettina ihrer erotischen Macht vollkommen bewußt. Vor einem wirklichen Brautstand schreckten beide zurück, ein Heiratskandidat war der Einundzwanzigjährige, der erst sein Studium beenden und die obligate Bildungsreise absolvieren mußte, nicht. Aber beide vereinte das hochgesteckte Ziel der Menschheitsveredelung. Sie wollen die Welt aus den Angeln heben und müssen sich erst eine neue Sprache, eine neue Religion erdenken, um ihren Vorstellungen Ewigkeitswert zu verleihen – denn um Ewigkeit im Sinne wahren Christentums ist es vor allem dem jungen Max zu tun. Ihr Bündnis soll der Wahrheit und Gerechtigkeit auf Erden dienen, furchtlos wollten sie sein und treu, und so unreif und weltfremd die überspannten Ideen auch waren, wurde doch damals der Boden für kommende Taten bereitet. Wenn Bettina sich später für die Randgruppen der Gesellschaft, die Ärmsten der Armen, einsetzt und für soziale Gerechtigkeit kämpft, blieb sie diesen ihren jugendlichen Idealen treu.

Freybergs Enthusiasmus verlieh ihren Zukunftsplänen Schwung. In den Briefen erweist er sich als wortmächtiger Sprachgestalter, der es versteht, für sich einzunehmen. «Soeben bin ich von München zurück, ein schwärmerisches Feuer stürmt in meiner Brust; mein Verlangen rasselt in Riesenflammen zum Himmel empor; o, daß du bei mir wärest... Leidenschaftslos liegt mein Leben vor mir; aber die Begeisterung der Liebe durchglüht es, die Macht einer heroischen Freundschaft macht mir mein Daseyn bedeutungsvoll... Du Königin der Stürme, erfasse die Glut meiner Wünsche, und ruhigen Blicks schwing dich mit mir durch die lichten Hallengewölbe der Zukunft. Im Namen der Welt verlang ich nach dir; nur in Stahl gerüstet will ich vor dir stehen...»

Bettina liebte diese großen, schönen Worte! Was für ein Unterschied zu den meist nüchternen Nachrichten Arnims, der ihr im März 1810 den Tod seiner Großmutter mitgeteilt hatte. Durch das Erbe würde sich endlich seine Vermögenslage bessern, eine Aussicht, die sich augenblicklich im veränderten Tonfall seiner Briefe niederschlägt. Übermütig schildert er ein Abendessen, das er mit Clemens für Gäste wie Humboldt und Zelter gab. Er träumt sogar von Bukowan (das er gar nicht kannte), erzählt, wie er im Traum Bettina *im weißen Kleid* hoch über eine Brücke trug – es bedurfte keines Astrologen, um die Absicht darin zu erkennen.

Aber da war Freyberg, dessen Begeisterung ihr so verwandt ist, dessen Gefährtin sie sein möchte, dessen Freundschaft ihr Anlagen und Eigenschaften zeigt, die ihr bis dahin unbekannt waren. Durch ihn kam sie der Vorstellung, als «Weltumstürzerin» zu wirken und der Menschheit zu helfen, einen Schritt näher. Angesichts der Pläne, die sie und Freyberg im Ton berauschter Weltumarmung entwickelten, kann man die Verzweiflung begreifen, die die Mutter von sieben Kindern in ihrem «Gefängnis»-Alltag später überfiel. Ihre Klagen bei Philipp Hössli und ihre Verzweiflung bei Savigny werden dafür beredte Zeugnisse sein.

Maximilian Prokop Freiherr von Freyberg-Eisenberg, den Bettina 1809 im Hause ihres Schwagers Savigny kennenlernte, war nach alter Familienüberlieferung derjenige, den sie hatte heiraten wollen, bevor sie sich für Arnim entschied. Ihre gegenseitige Anziehung und Gleichgestimmtheit zeigt sich in der über die Hochzeit hinaus geführten, leidenschaftlichen Korrespondenz.

Die Freundschaft mit Bettina hat auch Freybergs Leben beeinflußt. Es war nicht leicht für ihn, sich von den jugendlichen Illusionen zu lösen und als Jurist die Realität zu bestehen. Noch Jahre später – er ist längst Abgeordneter und Vertreter des bayerischen Innenministers – schreibt er in sein Tagebuch: «Was ich bin – bin ich durch Gottes Gnade, meine Liebe, und Bettine.» Als sich beide nach dreißig Jahren wiedersehen, ist er Mitte Fünfzig, ein einflußreicher Mann, und sie nicht nur Frau von Arnim, sondern auch die berühmte Autorin von *Goethes Briefwechsel mit einem Kinde*, eine Kämpferin, deren Bücher sie als Verfechterin liberal-revolutionärer Tendenzen zeigen, während er auf einer erzkonservativen Stufe stehenblieb. Verbittert bemerkte er ihre «verschiedenen Wege», rief noch im letzten Brief jene Zeiten zurück, «in denen wir in eine Sternennacht hinausschauten, der ein herrlicher Sonnentag folgen werde...».

Die Nacht war ihre Zeit, wie sie auch die Zeit der romantischen Dichtung war. Nachts stand Bettina in Bukowan aus dem Bett auf und schrieb Briefe, die auch da ideenreich sind, wo sie pathetisch und hochgeschraubt wirken; wie sie in Arnim nur den Dichter sehen wollte, sah sie in Freyberg nur den Helden, dessen Weg sie, einer Pallas Athene gleich, mit erzieherischem Ethos begleiten müsse. «O wenn das alles so seyn wird! Wenn ein Händedruck nach heißen Tagen, ein Blick, ein Kuß den Lohn herübergießen wird in meine Seele», schrieb Freyberg zurück. Jetzt sagt auch er du zu ihr: «Ja, ich bin immer um dich, du bist immer bey mir und deine Nähe begeistert mich, dein schönes Gemüt wohnt in meiner Brust.»

«Sag nicht, daß Du mich lieb hast, lieb mich nicht.» Woher dieser Umschwung? Am 10. Juni 1810 traf, in Begleitung von Clemens, Achim von Arnim in Bukowan ein. Von Freyberg wußte er nichts, hatte keine Ahnung, welche Rolle er in Bettinas Leben spielte. Sie war abweisend und störrisch – es ist

Max, dem sie nachts noch mitteilt: «Heute ist Arnim hier angekommen. Ich hab mich erfreut an seiner Gestalt, an seinem Angesicht...» Sie habe ihn lieb, aber – sie fühle sich ihm gegenüber fremd. Arnim litt unter ihren Ausweichmanövern, wußte nicht, daß Bettina nachts am Schreibtisch saß und einem anderen versicherte: «Deine Liebe leuchtet mir wie ein Karfunkel durch die Brust...» Nach jedem mit Arnim verbrachten Tag schreibt sie an Freyberg, der ihre Bekenntnisse leidenschaftlich erwidert. Er habe sie in Bukowan besuchen wollen, eine Tagereise entfernt verweigerte man ihm den Paß. Bettina war außer sich, den *einzigen* Freund, dessen Briefe sie täglich ans Herz drücke und küsse, nicht gesehen zu haben. Wünschte sie ein Zusammentreffen ihrer beiden Verehrer? Suchte sie die Konfrontation? Sollte Freyberg die Entscheidung herbeiführen?

Mit welcher Freude war Arnim nach Bukowan gereist! In Briefen an die Grimms und vergnügten Versen hatte er die Reise, die sein Leben verändern sollte, im voraus erlebt. Nun wurde ihm das entscheidende Gespräch unmöglich gemacht. Bettina wich ihm aus, wehrte seine Zärtlichkeiten ab und erklärte undeutlich, er habe sich vielleicht in ihr geirrt. Für Arnim war die Lage niederschmetternd. Nach drei peinigenden Wochen reiste er mit Clemens nach Berlin zurück; bis Prag gab ihnen Bettina das Geleit. In diesen drei Prager Tagen aber muß sich etwas ereignet haben, das ihn aufatmen ließ; es kam ein Brief Bettinas, der so liebevoll und warmherzig war wie lange nicht. Zur gleichen Zeit aber, sogar zur gleichen Uhrzeit, nämlich nachts um halb zwölf in ihrem «Türmlein» in Bukowan (sie notierte es jeweils auf dem Briefkopf), schrieb sie auch einen liebevollen und warmherzigen Brief an Max von Freyberg.

Bettina verstand es meisterhaft, ihre Freunde im ungewissen zu halten. Mit keiner Silbe erwähnt sie Achim gegenüber Freybergs verführerische Macht. Erst als sie schließlich ratlos und verwirrt nach einem Ausweg suchte, gestand sie dem Landshuter Freund ihr Dilemma: «– mit Arnim bringe ich vielleicht die größte Zeit meines Lebens zu / *wenn ich muß* / aber mein Stern bist Du, meine Seligkeit ruht in Dir.» Freyberg verstand es als Aufforderung, weiter in flammenden Wortkaskaden und mitreißenden Lebensplänen um die überirdisch Geliebte zu werben, die sich vor der Abreise fürchtete: «In Berlin werd ich in ein Gewühl von Menschen kommen, Gelehrte und Ungelehrte aller Art. O dort hab ich manches zu ertragen; ein Herz wie Arnims, das vor mir auf der Folter liegt…»

Es war nicht sehr diskret, dem einem Bewerber gegenüber das Unglück des anderen ins Feld zu führen. Diskretion aber war Bettinas Sache nicht. *Ein Herz wie Arnims, das vor mir auf der Folter liegt*… Nicht nur die Entscheidung zwischen zwei Männern war Bettinas Problem, sondern die grundsätzliche Frage nach ihrer persönlichen Freiheit. Wohin gehörte sie? Was erwartete man von ihr? Sie konnte nicht ihr Leben lang als «ledige Jungfer» von den Geschwistern herumgereicht werden. Gab es einen Ausweg? Sie bombardierte Freyberg mit Überlegungen, die als Psychogramm ihrer Ratlosigkeit und Zerrissenheit gelesen werden können. Es ging um einen Lebenskonflikt. Endlich sprach sie auch, gequält, mit Freyberg über ihr Verhältnis zu Achim von Arnim. «Sag mir, daß es dich nicht stört, wenn ich sein Weib werde», verlangte sie, *«ich wollte frey bleiben, von allem Verhältniß, um einst Dir nachzugehen*, aber Gott wollte es anders.» Arnim baue auf sie, er habe sich lange schon Anrechte erworben. «Max, Max, erhalte Dich mir», ruft sie, «mein Herz hat geklopft, während ich Dir schrieb, und war Dir so ganz ergeben.» Man kann dieses Bekenntnis am Ende kaum als unerotisch bezeichnen – auch wenn es keine Romanze war, die damit schloß.

Ursache des plötzlichen Sinneswandels war eine Mitteilung, die ihr die Augen öffnete: Arnim ließ sich nicht länger

Achim von Arnim, im Alter von dreiundzwanzig Jahren porträtiert von Peter Eduard Ströhling. Bettina liebte das Gemälde und schrieb 1809: «Dein Porträt, das Clemens zurückgelassen, hängt in meiner Stube, ich hab es eben betrachtet, ein schöner beredsamer, lieblicher Mund deutet auf einen Dichter, und werden Deine Lieder diesem Munde ähnlich seyn… hervorstehende Augenbrauen wie schützendes Bollwerk über den Augen deuten auf große Treue, auf schützende Liebe… das ganze Gesicht ist etwas melancholisch… mir ist das Ganze unendlich werth, lieb, heilig, einzig teuer.»

hinhalten. Nachdem sie ihm jahrelang «ausschließlich Zärtlichkeit» geschenkt habe – so drückte er sich aus –, habe er sich mit ihr verloben wollen, wobei die Entscheidung, wie er darlegt, auch durch das Testament seiner Großmutter bestimmt wurde. Frau von Labes hatte ihren Landbesitz als Fideikommiß hinterlassen, was bedeutete, daß nicht Arnim, sondern erst seine ehelichen Kinder die Güter erben konnten – er mußte also heiraten. Er sagte es Bettina ohne viel Federlesens: sein Entschluß war, «das Meinige zu tun, um rechtmäßige Kinder zu haben», und da wußte er, schreibt er Bettina, «niemand auf der Welt, von der ich so gern ein Ebenbild besessen hätte, und auch keine, mit der ich... so gern mich erfreut, gestritten, gewacht und geschlafen hätte als Dich...» Er habe ihr dies alles in Bukowan sagen wollen, doch dort wurde er, abweisend wie nie, mit der Erklärung empfangen, was er sich denn einbilde, er könne «nichts verlangen», sie habe andere Ziele. Sein Brief endet sachlich: «hüte Dich vor allen angewöhnten schönen Redensarten, sprich wie Du bist. Achim Arnim.» Sein klares Geständnis ist das Gegenteil von Freybergs schwärmerischen Schwüren. «Bücher habe ich vorläufig genug», sagt Arnim klipp und klar, «wenn Du mich nicht heiraten willst, so glaube ich nicht, daß ich je eine Frau nehme...»

Bettina antwortete umständlich und kompliziert. Sie stand vor der schwersten Entscheidung. «Einen sonderbaren Traum hab ich heute gehabt...» Der Traum sollte helfen, ihm ihre Furcht vor der Ehe und die Angst vor der Sexualität zu erklären. «Eine grausame Königin hat dem Weibe Martin Luthers das Herz aus dem Leibe reißen lassen... Nun hielt Luther eine verzweifelte, herzzerreißende Rede – Er griff ihr in die Wunde, welches sehr schauderhaft anzusehen war, und holte etwas heraus...» Allem Anschein nach war mit «Luther» Freyberg gemeint, der sich permanent einer ausdrucksvollen Luther-Sprache bedient hatte. Würde Arnim sie verstehen? Früher hatte ihr Clemens das Traumerzählen verboten: «Du läufst Gefahr, daß die Leute sagen, sie ist sehr klug im Traum, aber nicht sehr gescheit im Wachen.» Sie aber muß ihre Angst und weibliche Scham erst durch Aussprechen überwinden, bevor sie Arnim direkt anreden kann. «Du bist unendlich gut und herrlich, das weiß ich, aber Du bist noch besser, als ich es weiß und fühlen kann... Deine Gestalt ist so edel – Wie Du mir von Königsberg aus schriebst, die ganze Geschichte Deines Herzens, da frohlockte ich, da Du Dich zu *mir* wendetest... mich bewegt die Schwermut und die Lust, wenn ich Dich ansehe... warum soll ich nicht Dein sein? warum, wenn Du an mich verlangst, soll ich Dir nicht geben? ... Sei von mir geliebt, sei mein, sei getrost. Bettine.»

Arnim sah nicht die Zweifel, die Fremdheit und die Furcht in ihren Worten («Was weiß ich selber von mir und der Liebe?»), er sah nur: sie würde zu ihm kommen. «Sieh nicht zu viel Herrliches in mir, ich weiß am besten, wie viel ich gewollt und wie wenig ich getan habe», antwortet er. «Lustig an in Gottes Namen, er wird uns nicht untergehen lassen, die Arbeit wird mir lieb werden durch Dich.» Er hält ein, dann sagt er: «Ich meine, wir heiraten uns, wann und wo es sei, nur bald.»

«Ach lägst du diese Nacht da mit mir»

Das Teplitzer Zwischenspiel. 1810

Warum Dir schreiben? warum nicht lieber vor Dir stehen und Dich küssen? – gefiel Dir gewiß auch besser; wie?
(Bettina Brentano an Goethe)

«Da geht die Thüre auf, und ein Frauenzimmer kommt herein. Ich denke, es hat sich jemand von unseren Mitbewohnern verirrt; aber siehe, es ist Bettine, die auf mich zugesprungen kommt…», schreibt Goethe seiner Frau. Bettina führ nicht auf direktem Weg zu Achim – so eilig war es ihr denn doch nicht. Sie setzte ihren Willen durch und blieb vor Berlin noch in Teplitz, und dieses Intermezzo gehört zu den Voraussetzungen, unter denen sie ihre Ehe begann.

Christiane wird über die Nachricht wenig begeistert gewesen sein. Schon längst ärgerte sie das «Äugeln», wie sie die Liebschaften ihres Mannes nannte, und Goethe verschweigt ihr wohlweislich, mit welchen Gefühlen er Bettinas unerwartetes Erscheinen, ihre Umarmung aufnahm – verliert über die Art ihres Zusammenseins kein Wort. Beruhigend in seinem Brief war nur der Nachsatz: «Am Ende geht es denn doch wohl auf eine Heirat mit Arnim aus.» Im Tagebuch findet sich die Notiz: «11. August. Mit Bettinen im Park spazieren. Umständliche Erzählung von ihrem Verhältnis zu Fräulein Günderode. Charakter dieses merkwürdigen Mädchens und Tod… Abschied.»

Die dürftigen Notizen verraten mit keiner Silbe, welche Zuneigung die junge Frau den Sechzigjährigen spüren ließ.

Aber die Atmosphäre zwischen ihnen war spannungsgeladen. Mit jeder Faser hatte sich die Fünfundzwanzigjährige dieses Zusammensein gewünscht. Ob Goethe ihre Liebesbereitschaft erwiderte, war ihr weit weniger wichtig als die eigene Befriedigung. «Ich muß Dir aufrichtig bekennen, Goethe dringt in alle Verhältnisse meines Lebens ein», schrieb sie 1810 an Max von Freyberg. «Die Schönheit seines Leibes und seiner Seele stehen wie zwei mächtige Grundpfeiler, die meines Lebens Grenzen bezeigen...» Sie war im Begriff, Arnims Braut zu werden, und konnte doch sagen: «Kein Wesen in der ganzen Natur war mir so angemessen, gab so, was ich begehrte» – wie Goethe.

War sie sich bewußt, in welchem Grade die Andeutungen und Absichten, Wünsche und Sehnsüchte, die sie äußerte, sexueller Natur waren? Ihre Briefe hatten das Terrain geebnet, naiv und raffiniert zugleich. «Aber wenn ich nun wieder einmal zu Dir komme und schmeichle Dir, küß Dir die Händ und Lippen... Du wirst sagen: Du siehst recht hübsch aus, mein gutes Mädgen, küß mich und umarm mich; da werd ich Dich küßen, ganz gewiß, und vergehn vor Freude» (7. Mai 1808). Sie verpackt ihre Sinnlichkeit in einen Roman: «Wenn Deine Einbildungskraft geschmeidig genug ist, mir durch alle Weg und Steg, Berg und Klüfte zu folgen... setz Dich auf den blauen Sessel am grünen Tisch – mir gegenüber – nun reich mir die Hand herüber und laß mich meinen Mund drauf drücken, und – Goethe? folgt mir Deine Einbildungskraft immer noch? – siehst Du und mußt mich küssen.»

Zwar war der Olympier gewöhnt, daß man ihm schmeichelte, das tat auch die spritzige Sylvie von Ziegesar, das tat Pauline Gotter, die ihm um den Hals fiel, und Marianne von Willemer, die ihre Neigung so poetisch kundtat, daß er ihre Verse in seinen *Westöstlichen Divan* einfügte. Bettina aber bestürmt ihn seit Jahren mit Ausdrücken unverhüllter Sinnlichkeit. «Jetzt schließe ich meinen Brief, überhäufe Dich

Bettina mit Arnims *Wintergarten* im Arm, ein Novellenband, den Goethe «um seine Stelle» beneidete. Der Weimarer Dichter lobte Ludwig Grimms Radierung von 1809, während Arnim und Clemens das Porträt ablehnten: Bettina sei in Wirklichkeit weder «wassersüchtig» noch schiefäugig, sondern lieblich, schlank und grazil.

aber vorher noch mit Liebkoßungen, frage nicht ob Dirs behagt, seze mich nach angebohrner Sitte auf Deine Knie, umschlinge Deinen Hals, küße Deine Augen bis Du ganz blind bist, und – laße nicht ab … Du Alles was mir ersprießlich ist im Leben» (1.9.1809). «… mir gefällt der Mund, von dessen Lippen Lieder fließen, die ich aber schließen kann mit einem Siegel, das man Kuß nennt» (13.12.1809).

Zuweilen merkt sie selber, daß sie in dem zu weit geht, was ihr «das Herz erregt». Dann schlüpft sie in die Rolle eines Kindes – weil ein Kind sich nicht zu schämen braucht. Goethe besaß Erfahrung genug, um die Triebkraft zu erkennen, die hinter den erotischen, schwärmerischen oder religiösen Emanationen stand. Sie projizierte das Verlangen nach Liebe, Bestätigung und Befriedigung, das ihr fehlte, auf ihn. Ihre Sehnsucht nach einem durch Kunst und Geist erfüllten Leben konnte nur durch ihn, Goethe, gestillt werden. Er hat ihre Natur erstaunlich klar erkannt: «… eigentlich kann man dir nichts geben, weil Du Dir alles entweder schaffst oder nimmst« (Mai 1810). Damit traf er den Kern: sie hatte sich auch diese Liebe selbst erschaffen und nahm sich, was sie brauchte.

«Allerliebste Bettine» – auch die siebzehn Antwortbriefe Goethes enthalten Bekundungen einer nicht geringen Sympathie. Auf eine Porträtzeichnung von Ludwig Grimm, auf der sie Arnims Buch, den *Wintergarten*, liebevoll an die Brust drückt, erlaubt er sich die anzügliche Bemerkung, daß er das Buch «um seine Stelle» beneide. Geschmeidig rühmt er ihre «nie versiegende Liebe» und versichert, daß er nicht aufhören werde, ihre Briefe gerne zu lesen. Mit einem hübschen Kompliment bittet er sie sogar um ihre literarische «Beyhülfe» zu einer neuen Arbeit, seiner Autobiographie *Dichtung und Wahrheit*; da sie Gespräche mit seiner Mutter noch «im frisch belebenden Gedächtnis» trage, könne sie ihn dadurch «sehr erfreuen und verbinden». Nichts war Bettina willkommener als diese Bitte. Endlich entstand ein Wechselgespräch, konnte sie sich erkenntlich zeigen und zugleich ihre literarische Fähigkeit unter Beweis stellen. Überglücklich wiederholt sie dem «lieben, treuen Freund von Jugend auf» vergessene Einzelheiten seiner Kindheit. «Fahre fort, so lieb und anmutig zu sein», drängt er und schickt ihr ein mit seinem Siegel – einem Amor – verschlossenes Billett: «Deine Briefe wandern mit mir, sie sollen mir dort Dein freundliches, liebevolles Bild vergegenwärtigen…»

Erotische Andeutungen und Zeichen der Intimität sind es, durch die Bettina sich zu weiteren Geständnissen berechtigt glaubt. Noch nach Arnims Bukowaner Besuch schreibt sie im Juli 1810: «…bist Du nicht so? begehrst nicht nach mir, möchtest nicht bei mir seyn zu Zeiten und Dir gefallen lassen, was mir gefällt?» Das fragt sie nicht Achim, der sich nach solchen Worten vergeblich gesehnt hatte, sondern Goethe.

«Liebe mich bis zum Wiedersehen.» – «Lebe wohl und gedencke mein.» Waren seine Zurufe etwas anderes als die Aufforderung, zu ihm zu kommen? Bettina mußte ihn sehen, und Savignys gaben ihrem Drängen schließlich nach. Bevor sie von Bukowan nach Berlin reisten, machten sie Station im böhmischen Kurbad Teplitz. Was dort an drei sommerlichen Tagen, vom 9. bis 12. August 1810, geschah, hat Bettina erst nach Jahren in einem Bericht, dessen Adressat unbekannt blieb, als Höhepunkt ihres Lebens zu fassen gesucht.

«Es war in der Abenddämmerung im heißen Augustmonat, er saß am offenen Fenster, ich stand vor ihm und hielt ihn umhalst den Blick scharf wie ein Pfeil ihm ins Auge gedrückt blieb drin haften. Vielleicht weil er's nicht länger ertragen mochte fragt er, ob mir nicht heiß sei, und ob ich nicht wolle, daß mich die Kühlung anwehe; ich nickte, so sagt er: ‹mach doch den Busen frei, daß ihm die Abendluft zu Gut kommt.› – Da ich nichts dagegen sagte obschon ich roth ward, so öffnet er meine Kleidung; und sah mich an und

Goethe war ein Mann von sechzig Jahren, eine gefeierte, beeindruckende Persönlichkeit – hier auf einem Gemälde von Gerhard von Kügelgen 1810 –, als die fünfundzwanzigjährige Bettina Brentano ihn auf dem Weg zu Arnim im Juli 1810 in Teplitz überraschte. In ihrer erotisch gefärbten Schilderung, die sie später vom Zusammensein mit Goethe gab, sind Wahrheit und Erfindung nicht voneinander zu trennen.

sagte: ‹Das Abendroth hat sich auf Deine Wangen eingebrennt› – und küßt mich auf die Brust; und senckt die Stirne drauf. – ‹Kein Wunder,› sagt ich, ‹meine Sonne sinckt mir ja im eignen Busen unter.› – Er sah mich lang an und waren beide still. – Er fragt: ‹Hat Dir noch nie jemand den Busen berührt?› – Nein, sagt ich, mir selbst ists so fremd daß Du mich anrührst. – Da drückte er viele viele und heftige Küsse mir auf den Hals; mir bangte er solle mich los lassen und war doch so gewaltig schön... Er seufzte so tief, und lehnte den Kopf an mich, und Verzeih mirs, sagte er, daß ich so ganz stark nicht bin, und sah zu mir hinauf und drückte mir den Busen fest. – Ich reichte über ihm weg nach dem Weinlaub am Fenster, ich riß eine Weinranke ab und schlug ihm auf die Hände... Du der es lesen wird, könntest wohl denken, ich sei kokett gewesen? Nein, ich war voll heiliger Scheu in diesen Scherzreden, die wie Funken all aus göttlichem Leben zwischen uns Beiden aufflogen... und so lange Zeit, wo ihm die Schweißtropfen nieder rannen; ich küßte sie auf, und dann bekam ich wahrhaftigen Durst danach, der Schweiß perlte über seinen herrlichen Mund so herb geschlossen, und nezte ihm die Wimpern mit meinen Lippen. – Er seufzte tief, mich störte es nicht, alle Schweißtropfen sammelt ich und biß ihm ganz leise in die Lippen, er drückte mich an seine Wange, und meine Thränen liefen ihm übers Antlitz – er sagte wieder: ‹Weib! Weib! wüßtest du wie süß du bist? dann erst könntest dus begreifen wie streng die Fesseln sind die deine Unschuld mir anlegt, daß ichs nicht vermag sie zu zerreissen.›»

Erfunden? Erlebt? Sogar Goethes Sekretär Riemer, der ebenfalls im «Goldenen Schiff» wohnte, äußerte sein Erstaunen: «Gestern besuchten uns Savignys und Bettine, die nach Berlin reisen. Sie ist noch so klug und unklug wie sonst und gleich unbegreiflich...» Die Briefe, die dem Teplitzer Aufenthalt unmittelbar folgen, lassen darauf schließen, daß Bettina eine Doppel-Liebe gekannt und, auf einer zweiten

Ebene, gelebt und genossen hat. Nie hat sie das Ereignis – auch während der Ehejahre nicht – je vergessen. Goethes erster Brief an die «allerliebste Bettine» nach dem Zusammensein (17. August 1810) enthält Anspielungen, die nur sie enträtseln konnte. «Kannst du so fortfahren, dich selbst zu überbieten, so thu es. Du hast soviel mit dir fortgenommen, daß es wohl billig ist, etwas aus der Ferne zu senden. Gehe dir's wohl!» Mit einer Nadel hatte er dem Blatt zusätzlich noch ein Blättchen angeheftet. «Deinen nächsten Brief muß ich mir unter gegenüberstehnder Adresse erbitten. Wie ominos! O weh! was wird er enthalten?»

Würde er die Nachricht von einer Verlobung mit Arnim enthalten?

Bettina hat das Teplitzer Liebeserlebnis in ihrem *Goethebuch*, das von der Familie mit Ablehnung, vom Publikum mit Begeisterung aufgenommen wurde, nicht veröffentlicht. Auch wenn sie die Liebesepisode nur erfunden hatte, wie andere Passagen ihres Buches auch, so hätten die Leser wohl Anstoß genommen an ihrer listig manipulierten Darstellung eines sexuellen Erlebnisses. Auch versteht sie es, der prekären Situation die Aura des Kindlichen und Unschuldigen zu verleihen, und nichts kann über die Tatsache hinwegtäuschen, daß sie auf dem Weg zu ihrem zukünftigen Ehemann eine Liebschaft mit dem älteren Dichter hatte, die – abgesehen von der zusätzlichen erotischen Pikanterie durch das bewußt betonte Lehrer-Schülerin-Verhältnis – um so skandalöser wirken mußte, als es eine Frau war, die hier eigene Erfahrungen schilderte.

Wunschtraum? Wirklichkeit? «Ich hab mir dies Gespräch wohl tausendmal wieder vorgebetet jeden Abend vor dem Einschlafen und erlebte in Gedanken dann noch manches, was mehr mir Leben war wie alles Wirkliche... Jetzt streckte er die Arme wieder nach mir und sagte: Komm! – und zog mich aufs Knie und drückte meinen Kopf ans Herz...»

Realität oder nicht, das scheint weniger wichtig, wenn

man weiß, daß sie noch Jahre später die Niederschrift der Episode mit dem Ausruf beendet: «O wie oft hab ich diese Worte: ‹Weib Weib! wenn du wüßtest, wie süß du bist› für mich hingesagt, laut träumend bei Tag und bei Nacht. Wie hat der Eindruck dieser Stunde mich durchs Leben begleitet...»

Varnhagen behauptet, er habe auf seine Frage, ob Goethe ihre leidenschaftliche Zuneigung nicht zu Intimitäten ausnützte, von Bettina die leise, aber bestimmte Antwort erhalten: «Und er hat's getan! Grade das hat er getan.» Fiktion oder nicht – sie hat es erlebt. Gefühle seien wirklicher als jede Wirklichkeit, hat sie Goethe einmal geschrieben. Am 4. November 1810 antwortete sie ihm, sein schöner Brief habe sie «gefangen gehalten in tausend süßen Gedanken».

Erhalten blieb auch der (undatierte) Schluß der Erzählung: «...und dann hing ich mich an seinen Hals der vor mir stand und lauscht den lauten Schlägen in seiner Brust. Da sagt er: ‹Ach lägst du diese Nacht da mit mir!› Wie freudig war ich, daß er meiner begehre, ich konnt es kaum glauben, daß ich ihm so lieb sei und: O! dacht ich, was wär das für Seeligkeit ohne Ende eine ganze Nacht seinem Athem lauschen... die andern saßen bei Tisch, dann endlich ging ich hinauf in mein Schlafzimmer, dort zog ich die Oberkleider ab und in den Pelz gewickelt (ich erinnere mich noch, der Pelz war mit silbergrauem Kragen, der mir gar wohlstand), schlich ich die Stiege hinunter in den Hof... und legte mich mitten ins Asternfeld, und die Blumen nickten alle um mich, und es war mir so wohl, da sah ich nach seinen erleuchteten Fenstern und konnte dem süssen inneren Seeligsein nicht widerstehen... und so kam ich leise auf den Fußspitzen bis zu seiner Thür, die war geklefft, und lehnt mich an den Thürpfosten und dachte, gewiß schläft er und glaubt nicht mehr, daß ich noch komme... dann endlich ging ich herein, aber rückwärts, um ihn nicht anzusehen, und so nahm ich das Kopfkissen, was er auf dem Stuhl am Bett hatte liegen lassen, das legte ich auf die Erde am Fußende des Bettes, da legte ich mich drauf in meinen Pelz eingehüllt mit meinem großen Blumenstrauß im Arm, so schlief ich wieder ein...» Beide, schreibt sie weiter, wurden sie am anderen Morgen durch das Posthorn geweckt, da habe Goethe der Hinauslaufenden zugerufen: «Aber nun komm nicht wieder herein, sonst bist du und ich verloren.»

Erst nach diesem «Zwischenspiel» kam sie zu Arnim, der sich wie ein Kind auf ihre Ankunft gefreut hatte und es nach ihrem letzten, beglückenden Brief kaum erwarten konnte, sie zu umarmen. Auch über ihn hatte Bettina zuvor mit Goethe gesprochen, der seiner Frau mitteilte: «Sie war wirklich hübscher und liebenswürdiger wie sonst... Mit Arnim ists wohl gewiß.»

Unter diesem Vorzeichen begann ihre Ehe.

«Wir heiraten uns, wann und wo es sei, nur bald»

Die heimliche Hochzeit. 1811

Mich bewegt die Schwermut und die Lust,
wenn ich Dich ansehe...
(Bettina an Arnim, 1810)

Solange seine gestrenge Großmutter lebte, hatte Achim es nie gewagt, ihr Bettina persönlich vorzustellen. Die prinzipientreue Freifrau von Labes hätte, obgleich selber aus bürgerlichem Hause stammend, die Verbindung mit einer unstandesgemäßen Frankfurter Kaufmannstochter kaum gebilligt. Arnim aber haßte «Qual, Streit und Unruhe», wie er sie seit Kindheitstagen bei der Großmutter erlebt hatte, und vermied bewußt das Risiko einer lautstarken Auseinandersetzung. Bettina erklärte er wenig galant, schon ihrer schlechten Tischmanieren wegen verbiete sich ein Besuch bei der alten Dame.

Als die Großmutter 1810 hochbetagt starb, besaß Arnim immerhin den Mut, sich mit einer selbstbewußten, für die damalige Zeit emanzipierten Frau von sechsundzwanzig Jahren zu verbinden, von der er wußte, daß sie den Geboten nachgiebiger Weiblichkeit wenig entsprach, von Literatur und Musik viel, vom Hauswesen aber nichts verstand. Leicht hätte er ein umsichtiges, durchschnittliches, hausfraulicheres Mädchen finden können, aber er mochte das Unabhängige, Großzügige ihres Wesens und tolerierte auch die Art, gegen Normen und Tabus zu rebellieren, die in vieler Hinsicht der seinen glich. Er liebte «ihre ganz eigne Natur», die ihn von Anfang an fasziniert hatte. Bettina besaß, was er bei keiner anderen Frau fand: Eigenständigkeit, Intensität, Zugewandtheit. Sie war voller Ideen, so daß Gespräche mit ihr zu einem geistigen Abenteuer gerieten. Die ironische Art, mit der sie sich über die durchschnittlichen Lebensvorstellungen ihrer Umgebung erhob, entsprach seiner eigenen kühnen Weltsicht, und immer neu fesselte ihn ihr eindringlicher Blick («Du bist mein schwarzer Stein mit Deinen dunklen Augen»). Ihren Fehlern gegenüber war er nicht blind, wußte, daß sie verwöhnt und eingebildet war. ihre geistige Überspanntheit machte ihn mißtrauisch, und der überschwengliche Wortschwall behagte ihm ebenso wenig wie die Heftigkeit ihrer Gefühlsausbrüche. Aber sie konnte aufmerksam wie ein Kind seinen Erzählungen lauschen, konnte auf mütterliche Art den Kopf des mutterlosen Freundes an ihre Brust ziehen und tröstende Worte flüstern, konnte ihn anrühren mit einer rückhaltlosen Zärtlichkeit, einer erregenden Hingabe, wie er, der Einsame, sie noch nie erfahren hatte.

In Berlin erwartete Bettina vergeblich Max von Freyberg. Doch dann geschah, womit sie in ihrer selbstherrlichen Art kaum gerechnet hatte. Achim überraschte sie mit Freybergs Brief. So paradox es scheint: das Schreiben des Konkurrenten führte die Entscheidung herbei. Bettina selbst schildert Max die peinliche Situation in einer Offenheit, die an Verrat grenzt. «Gestern kam Arnim, kurz nachdem ich Deinen Brief empfangen hatte, ich sagte ihm, daß er von Dir sey; er ward rot, faßte mich in seine Arme und fragte mit niedergeschlagenen Augen: ob ich denn mit ihm verlobt sey?» Sie habe geantwortet, wenn er, Arnim, verspreche, niemals auf Goethe eifersüchtig zu sein, werde sie ihm am nächsten schönen Tag in der freien Natur «alles geloben, was er begehre».

Nicht von Eifersucht auf den jungen Freyberg, nein, von Eifersucht auf den alten Goethe ist die Rede. Der angekündigte Tag, der 4. Dezember 1810, war zwar nicht «schön», doch Arnim holte sie wie verabredet zum Spaziergang ab. Es stürmte, es goß in Strömen, es fror, man war durchnäßt und schon im Begriff, auseinanderzugehen – da plötzlich gab Bettina ihm ihr Jawort.

Freyberg erfuhr zunächst nichts von der Verlobung. Nur Goethe berichtete Bettina das Ereignis mit einer Eilfertigkeit, als sei sie ihm zur Rechenschaft verpflichtet, als hätten die Teplitzer Tage ihren Entschluß besiegelt. Der Verlobungsbericht endet mit einer Liebeserklärung – an den sechzigjährigen Goethe. «Du einziger, der mir den Tod bitter macht», ruft sie ihm zu. «Adieu, Magnetberg! wollt ich auch da und dorthin die Fahrt lenken, an Dir würden alle Schiffe scheitern.» Dieses Schreiben, mit dem Bettina ihrem Idol den Neubeginn an Achims Seite ankündigt, ist undurchschaubar wie ihr Wesen, zwiespältig und literarisch überhöht, als handle es sich um den Anfang eines Romans – dem ihr Leben in der Tat glich.

«Und darum hab ich ohne Furcht, ohne Zagen, ohne Urteil, ohne Nachdenken die Hand eines Mannes ergriffen, der herrlich ist und weit über mir steht», schrieb die junge Ehefrau. Max von Freyberg wird nicht begeistert gewesen sein. Immerhin erfuhr er von ihrem Schwur: «meinen Freunden bleibe ich treu, das war mein Gebet während der Trauung».

Es war eine in vieler Hinsicht merkwürdige Ehe, die drei Monate nach der unkonventionellen Verlobung am 11. März 1811 in Berlin geschlossen und von Arnim in einer Mischung aus Verlegenheit und Trotz den Freunden bekanntgemacht wurde. Nicht in der Kirche wurde die Trauung vollzogen, sondern im Wohnzimmer des alten Pfarrers Schmidt, der den jungen Arnim seit seiner Kindheit kannte, getauft und konfirmiert hatte. Zur Feier der zeremoniellen Handlung setzte die Braut einen für den Augenblick geliehenen, etwas brüchigen Myrtenkranz von Frau Schmidt auf ihr dunkles Haar («Bettine glich darin mit dem schwarzgescheitelten

Haare einer Fürstin älterer Zeit»), und sie wechselten die Ringe: den von Achim mit goldenen Lilien auf schwarzem Grund, den antiken Reif Bettinas mit grünem Chrysopras, in den zwei verschlungene Hände eingeschnitten waren.

Was in Bettina wirklich vorging, erfuhr niemand. Selbst Goethe wird nur mit Äußerlichkeiten bedacht. «Es war am 11ten März, also grad heute 2 Monate, daß ein glückliches Ungefähr unsere Trauung bestimmte – keine Schwester, kein Freund und Verwandter wußte etwas davon, erst nach mehreren Tagen machten wirs bekannt, da wollte es denn niemand glauben.» Wieder ist es ein *Ungefähr*, das sie heranzieht, um das große Ereignis zu verkleinern: *es kam von ungefähr*.

Wie sie die Hochzeitsnacht verbrachten, schildert der Bräutigam in Briefen an Görres und die Grimms als Humoreske. Wie an jedem gewöhnlichen Abend verabschiedete sich der frisch Getraute von der Geliebten und verließ mit einem Gepolter, als hätte er «Hufeisen unter den Schuhen», das Haus der Savignys, in dem sie wohnte – um auf Socken wieder in ihr Zimmer zu schleichen, das wie ein Paradiesgarten «mit Rosen, Jasmin und Myrten belaubt war», ein Paradiesgärtlein der Liebe. Nicht ohne Stolz berichtet er, daß es ihm, während alle im Hause schliefen, durch List gelang, die Hochzeitsnacht unbemerkt in den Armen der Angetrauten zu verbringen. «Du wirst fragen, wozu alle diese Umstände?» Arnims Antwort lautet: damit die Heirat nicht zum Gespött der Leute und des Sakraments werde.

Dazu das umständliche Versteckspiel? Die «heimliche Hochzeit» war weit weniger romantisch, als es den Anschein hat. Mehr als antibürgerliche Mode oder launenhafter Eigensinn stand hinter dem Mummenschanz. Arnims Schilderung enthüllt, was er unter Scherzen hatte verbergen wollen: daß eine Trauung unter den Augen des Pfarrers, vor der versammelten Familie, mit Brautschleier und kirchlichen Ritualen unmöglich gewesen wäre. Sie waren längst ein Paar, bevor der alte Pfarrer ihren Bund segnete. Bisher war es ihnen nur glänzend gelungen, ihre intimer werdende Beziehung vor den Augen der Umgebung zu verbergen. Aber dem in Liebesdingen erfahrenen Clemens war das Verhältnis nicht entgangen. «Ich fuhr mit Bettinen in einer Kutsche; ihr hattet noch nie erklärt, daß ihr euch wolltet, mir schien das Verhältnis drückend, indem Du als ein Fleisch und Bein mit ihr lebtest», sagt er später. Er habe seine Schwester gefragt, ob sie denn Achim heiraten werde, nachdem er bislang der Meinung war, sie würde Freyberg nehmen. Bettina zuckte die Achseln. Dann, habe er entgegnet, «müsse sie auch nicht so handgreiflich zärtlich» mit Arnim sein.

Bisher war von leidenschaftlichem Begehren wenig zu bemerken, Varnhagen behauptet sogar, Bettina habe ihren Mann nicht eigentlich geliebt, sondern «nur aus Ehrfurcht» geheiratet. Jetzt aber heißt es auf kleinen, täglich gewechselten Zetteln: «...da Du doch überzeugt sein mußt, daß alle Arme meiner Liebe Dich umfangen –», und: «Ich bin glücklich, in manchen Momenten so unaussprechlich glücklich, daß ichs laut ausrufen möchte.» Noch vor kurzem behauptete Bettina, sie wisse nicht, ob sie liebe, jetzt heißt es: «Komm alle Abende Deines Lebens so gern zu mir, wie diese Winterabende.» Was sich jahrelang aufgestaut hatte, bricht mit Macht hervor. «So oft ich Deiner denke, gehn mir tausend Herzen auf, und tausend Stimmen reden aus mir, und wo ich etwas Liebes höre, denke ich Dein.»

Aus Ersparnisgründen – Arnim hatte noch immer keine Einkünfte, Bettinas Erbteil lag im Handelshaus fest – bezogen sie eine winzige Wohnung in einem Gartenhaus, das hinter dem Vossischen Palais am Wilhelmplatz lag, bescheiden eingerichtet mit drei gebeizten Stühlen, Schrank und Tisch, «zwei Paar Messer und Gabeln», dazu seinem Schreibpult, ihrem Fortepiano – womit zugleich ihre Tätigkeiten umrissen waren. Ein neues Jahr brach an, und sie erlebten ihr Zusammensein in der Gewißheit gegenseitigen Verstehens, als wäre ein Alpdruck von ihnen abgefallen. Endlich war die Zeit lähmender Zweifel vorbei, gab es beseligende Momente des Glücks. Arnim betrieb «seine Geschäfte», erledigte den Verkauf des großmütterlichen Hauses am Brandenburger Tor (für die Summe von 22000 Talern), kümmerte sich um die verschuldeten Ländereien; abends schrieb er an den Erzählungen, die ein Jahr später (1812) veröffentlicht werden, darunter jene Novelle, die ihn berühmt machte: *Isabella von Ägypten,* von Heine als Inbegriff romantischer Poesie bezeichnet. Bettina nahm Gesangstunden bei Righini, und gemeinsam bildeten sie sich, lasen den *Don Quichotte* des Cervantes und Jean Pauls neuen Roman *Flegeljahre,* stöberten nach alten Chroniken und erörterten einen historischen Roman, zu dem die Vorarbeiten schon geschrieben waren. Arnim hatte den Ehrgeiz, sich der vergessenen deutschen Barockdichtung anzunehmen, las ihr Opitz, Grimmelshausen, *Schelmuffsky* und sein Schauspiel *Halle und Jerusalem* vor. Ihre Unterhaltungen wurden zu einem nicht abreißenden Zwiegespräch. «Ich wohne hier in einem Paradies! Die Nachtigallen schmettern in den Kastanienbäumen vor meinem Schlaffenster», schrieb Bettina an Goethe, «ich weiß nicht, warum ich so glücklich bin.» Keiner von beiden wünschte sich das Alleinsein zurück, jeder fand im anderen sein Echo.

Ein Glücksfall war die Freundschaft mit Savignys. Früher hatte Arnim über Einsamkeit geklagt («Ich war nur ein armer Schiffer, dem das Schiff nicht einmal gehörte...»), nun sah er sich von Verwandten umgeben, die ihn schätzten. Freund Clemens wurde sein Schwager, und Savigny, der Schwager, wurde sein Freund. Der zwei Jahre ältere Friedrich Karl von Savigny, der mit zweiunddreißig Jahren einen Ruf als Juraprofessor an die neue Berliner Universität erhielt, war ein bedeutender Gelehrter und, im Gegensatz zu Arnim, ein vermögender Mann. Ihm als Alleinerben – dem einzigen Überlebenden von zwölf Geschwistern – war das große väterliche Vermögen zugefallen, darunter auch das Landgut

Trages am Main, wo er 1805, bei der Taufe seiner Tochter Bettina, Achim von Arnim kennengelernt hatte.

Clemens, dem die Bekanntschaft zu verdanken war, hat die beiden unterschiedlichen Freunde treffsicher charakterisiert. «Wenn mein Haus brennt, so wird Arnim zu mir ins Feuer springen und mich und mein Geliebtes kräftig heraustragen... Savigny wird in aller Ruhe und Bequemlichkeit vier Wochen vorher eine Feuerspritze erfunden haben und löschen. Arnim rettet mich, Savigny löscht das Feuer...»

In Savigny fand Arnim einen brüderlichen Berater und festen Fels in der Brandung seiner Probleme und Ratlosigkeiten; ohne ihn wären die Erbstreitigkeiten zwischen den Brüdern Arnim und ihrem Onkel Graf Schlitz kaum so gütlich beigelegt worden, seine Hilfe war so unersetzlich wie seine Klugheit uneigennützig. Es entstand eine Freundschaft, deren Wirkung sich wie eine Leuchtspur durch ihr Leben zieht. Nach Arnims Tod 1831 wurde Savigny der Vormund seiner Kinder.

Doch zwei Ereignisse sorgten schon im ersten Ehejahr dafür, daß Arnim nicht länger ein «paradiesisches Daseyn» führen durfte. Gemeinsam mit dem Staatsrechtler und Freund Kleists, Adam Müller, hatte er 1811 die «Christlich-deutsche Tischgesellschaft» gegründet, eine Vereinigung, der jeder Mann «von Ehre und guten Sitten, in christlicher Religion geboren», beitreten konnte, die aber nicht nur geistigen Zielen, sondern auch politischen Interessen diente, mit Patrioten, deren Proteste sich gegen die Restaurationspolitik Hardenbergs richteten und die Aufmerksamkeit der Zensur auf sich zogen. In der «Tischgesellschaft» versammelte sich die geistig herausragende Gesellschaft Berlins – soweit sie männlich war, Wissenschaftler und Künstler wie Fichte, Fouqué, Brentano – zum Protokollanten ernannt – und der polnische Fürst Anton Radziwill, dem Arnim seinen Roman *Gräfin Dolores* gewidmet hatte, Beamte und Offiziere wie Savigny,

Gunda Brentano und ihr Mann, der Rechtsgelehrte, spätere preußische Justizminister Karl Friedrich von Savigny, stellten für Bettina und Achim einen Glücksfall dar. Sie boten Unterstützung in Geldnöten, ihre uneigennützige Freundschaft gewährte bei den häufigen Wohnungswechseln, Dienstbotenproblemen und Kindersorgen den nötigen Rückhalt. Nach Achims Tod wurde Savigny der Vormund seiner sieben Kinder.

Eichhorn und Staegemann, Gerlach, Pfuel und Clausewitz. Zu den Mitgliedern gehörten auch Arnims Bruder Karl Otto, Junggeselle, königlicher Kammerherr und zeitweiliger Theaterintendant, und Heinrich von Kleist, dessen Schicksal Arnims ähnelte. Beide entstammten sie alten, adligen Familien, beide hatten keine Anstellung in Preußen erlangen können, waren bettelarm und hofften nach gescheiterten Plänen im Militär- und Staatsdienst auf einen literarischen Erfolg, wenn auch Kleists *Zerbrochner Krug* unter Goethes Regie in Weimar durchgefallen war. Gemeinsam arbeiteten sie an den von Kleist herausgegebenen *Berliner Abendblattern*, bevor die Zensur die Zeitung verbot und Kleist, jeder Einnahmequelle beraubt, sich im November 1811 zusammen mit Henriette Vogel am Wannsee erschoß.

Der Satzung entsprechend, duldete die «Tischgesellschaft» keine Franzosen (die seit der Besetzung Preußens unbeliebt waren), keine Philister (wie Spießbürger bezeichnet wurden) und keine Juden. Obgleich Arnim getaufte Juden aufzunehmen vorschlug, hielt er vor den Zuhörern der Gesellschaft im Frühjahr 1811 eine der Hardenbergschen Assimilierungspolitik hohnsprechende Rede «Über die Kennzeichen des Judenthums», die, von ihm wohl scherzhaft gemeint, doch einen besonders hämischen Ton an den Tag legte und ihren Ursprung sowohl im neu erwachenden Nationalgefühl als auch in seinen negativen Erfahrungen mit jüdischen Bankiers hatte, die ihn als Schuldner erbarmungslos «in den Klauen» hielten und seine Vorurteile noch verstärkten. Im Sommer 1811 ereignete sich dann ein Zwischenfall, der ihm zum Verhängnis wurde.

Ohne eingeladen zu sein, erschien Arnim zu einer eleganten musikalischen Soiree bei Sarah Levv, dazu unpassend gekleidet, wie Varnhagen bemerkt, in sportlichen «Pumphosen», die beleidigend wirkten, so daß der Neffe der Gastgeberin, Moritz Itzig, den ungebetenen Gast zum Duell forderte. Arnim schrieb dem jungen Mann einen belehrenden

Brief und hielt die Angelegenheit damit für erledigt. Doch als er sich eines Tages zeitunglesend in einem Badeschiff an der Kurfürstenbrücke aufhielt, schlug jemand wütend mit dem Stock auf ihn ein. «Der riesengroße, starke Arnim schrie um Hilfe» – behauptet Varnhagen – und zückte ebenfalls den Stock, bis er – so Arnims Darstellung – den taumelnden Angreifer gegen die Wand warf.

Von der Polizei erfuhr er, daß der Unbekannte kein anderer war als der junge Moritz Itzig (der zwei Jahre später in der Schlacht von Groß-Görschen den Tod fand). Der Vorfall machte in den maßgeblichen Kreisen Berlins großes Aufsehen, wuchs sich zum Skandal aus und endete mit einem Prozeß, worin der Angreifer Itzig zwar verurteilt wurde, der Schaden für Arnim jedoch größer war. Hatte ihn der Kultusminister Humboldt zuvor als undiplomatisch bezeichnet und seine Anstellung wegen mangelnder Integrationsfähigkeit abgelehnt, so erkannte man jetzt erst recht seine Untauglichkeit für den Staatsdienst. Die Erwartungen, die der Einunddreißigjährige gehegt hatte, seine politischen Ambitionen waren durch die Prügelei im Badehaus buchstäblich schlagartig zunichte geworden.

«Freilich mag seine Frau schuld gewesen sein»

Von Goethe verraten. 1811

Bettine mag nicht mehr gerne von Göthe hören.
(Arnim an Savigny, 1811)

Das Zusammensein in Teplitz, für Goethe vermutlich nicht mehr als eine Episode, war für Bettina Höhepunkt ihres Daseins. Ihr erster Brief danach zeigt das Gegenteil der bisherigen Huldigungen. «Zusammenhängend schreiben?... seitdem wir in Teplitz zusammen gesessen haben, kann ich keine Complimente mehr mit Dir machen.» Fast herrisch klingt die Aufforderung an Goethe: «Buchstabier dich durch, wie damals durch mein Geschwätz. Schreib ich denn nicht immer, was ich schon hunderttausendmal gesagt habe?» Doch plant sie bereits das nächste Wiedersehen und läßt ihn wissen, welche Bedeutung er für ihre Existenz besitzt. «Mann! dessen Fleisch und Bein von der Schönheit Deiner Seele so durchdrungen ist, wie darf ich Leib und Seel so beisammen lieb haben», schreibt sie am 29. Oktober 1810. «Ein Kopfkissen möcht ich mir Dir haben, aber ein hartes, sag es niemand, daß ich so bei Dir liegen möchte...»

Im März 1811 hatte sie geheiratet, doch schon zwei Monate später, im Mai 1811, kündigt sie Goethe zugleich mit der Heiratsnachricht ihren Besuch auf eine Weise an, die den Gedanken nahelegt, sie habe sich nicht zuletzt auch deshalb verheiratet, um im Status einer Ehefrau den Dichter weniger kompromittierend und desto unverfänglicher (und unverfrorener) besuchen zu können. Den ahnungslosen Achim, der das Itzig-Erlebnis noch nicht verwunden hatte, drängt sie zur

Reise: sie möchte in Frankfurt ihre Geschwister Franz und Antonia wiedersehen und ihren Bruder Georg mit Frau Marie besuchen – vor allem aber Station in Weimar einlegen und Goethes Geburtstag feiern.

Riemer, Goethes Sekretär, hatte ihnen, als sie am 25. August 1811 in der thüringischen Residenzstadt eintrafen, schon «eine allerliebste Wohnung am Park» gemietet, was auf einen längeren Aufenthalt schließen läßt. Goethe empfing sie vom ersten Tage an mit Herzlichkeit in seinem Hause, obwohl er sich im Grunde auf seine Arbeit an *Dichtung und Wahrheit* konzentrieren wollte, die vor dem Ende stand. Dennoch widmete er sich dem Paar mit gleichbleibender Zuvorkommenheit. Am 28. August 1811, seinem zweiundsechzigsten Geburtstag, waren sie und Hofrat Meyer die einzigen Gäste, was einer Auszeichnung gleichkam. Am folgenden Tag machte er sie mit bedeutenden Persönlichkeiten Weimars bekannt, mit Charlotte von Stein, Charlotte von Schiller und deren Schwester Caroline von Wolzogen, mit dem Oberhofmeister von Einsiedel und der Gräfin von Egloffstein. Das junge Paar erntete viel Sympathie. «Seit vierzehn Tagen sind Arnims hier», schreibt Schillers Witwe. «Er ist graziös, liebenswürdig wie sonst... Die Frau ist recht geistreich und lebendig und erzählt vortrefflich.» Auch Goethe war von Bettinas Kunst, Erlebnisse, Anekdoten, Familiengeschichten zu erzählen, und ihrem vertrauten Frankfurter Dialekt angetan. Er begleitet sie nach Tiefurt, führt sie zum Römischen Haus und frühstückt mit ihr: «Bettina blieb und erzählte nach ihrer Weise.»

Bei aller Vertraulichkeit verschwieg er jedoch, daß die Autobiographie, an deren Entstehen Bettina nicht unmaßgeblich beteiligt war, kurz vor der Veröffentlichung stand. Von ihr stammte die Anregung, von ihr Einzelheiten aus seiner Kindheit. Aber auch so genoß sie seine generöse Zuvorkommenheit, und in Erinnerung an die gemeinsamen Teplitzer Tage – die er gewiß nicht weniger genossen hatte als sie – sah sie sich gleichsam im Besitz eines Passepartouts für Goethes Herz. Ohne zu bedenken, ob sie ihn und seine Frau nicht über Gebühr beanspruchte, nahm sie sich manche Freiheit heraus, und man kann vermuten, daß Goethe und Christiane sich allmählich einig waren, die rücksichtslosen Gäste so bald wie möglich loszuwerden.

Nach zehn Tagen, unmittelbar vor dem geplanten Aufbruch, erschwerten Anzeichen einer beginnenden Schwangerschaft Bettina die Abreise. Armin wollte sie in diesem Zustand nicht verlassen; das Paar blieb und strapazierte Goethes Langmut ebenso wie Christianes Nerven. Bei ihr hatte Bettina bisher diplomatisch keine geistige Überlegenheit demonstriert, um sich «die liebe Frau» gewogen zu halten – bis der Krach unvermeidlich über ihnen hereinbrach.

Es war Freitag, der 13. September 1811, als das Paar in Christianes Begleitung eine von Heinrich Meyer arrangierte Kunstausstellung besuchte. In einem Augenblick, als die beiden Frauen miteinander allein waren, kam es zu einem Streit, dessen Ursache nur vermutet werden kann. Bettina, die niemals Rücksicht nahm, muß die ausgestellten Gemälde so vorlaut kritisiert haben, daß Christiane, ohnehin verärgert und nervös, in Wut geriet, mit dem Schirm gestikulierte und ihr die Brille von der Nase stieß, die auf dem Boden zerbrach. Der Wortwechsel war laut und erregt, danach verließ die Geheimrätin, rot vor Zorn, die Ausstellung und verbot Bettina für immer ihr Haus.

Im kleinstädtischen Weimar wuchs sich der Krach zum Skandal aus («Die Flut des Klatschens ist ungeheuer», so Charlotte von Schiller). Die Gesellschaft um die Herzogin Luise verteidigte Frau von Arnim, die, so hieß es gerüchtweise durch Frau von Kügelgen, mit der Bemerkung, es sei eine Blutwurst toll geworden und hätte sie gebissen, ihre Unschuld beteuern wollte. Doch was nützte aller Spott, was nützte Arnims Hohn, der Christiane, weil sie eine Schauspieltruppe einlud, hinter ihrem Rücken verleumdete? Entscheidend war: wie würde Goethe sich verhalten? Ohne zu zögern, stellte er sich auf die Seite seiner Frau. Lange genug war Christiane Vulpius, inzwischen seine rechtmäßig angetraute Gattin, von der Gesellschaft geschnitten worden; ihr galt seine Rückendeckung, Bettina wies er die Tür. Vergebens hat Arnim sich beim Herzog um Klärung bemüht, vergebens hat Bettina alle Schuld demütig auf sich genommen und sowohl dem Sekretär Riemer wie später Goethes Schwiegertochter Ottilie Bitt- und Bettelbriefe gesandt – es war alles umsonst.

Über so viel verletzende Unhöflichkeit erregte sich sogar die sonst moderate Frau von Stein. «Ich war etwas im Streit mit ihm über Frau v. Arnim, eine geborene Brentano, die ihn anbetet», kommentiert sie das Ereignis in einem Brief an Knebel, wobei sie vermutlich selbst eine gewisse Genugtuung darüber empfand, daß wieder eine Freundschaft mit dem Dichter – wie ihre eigene – durch das Dazwischenfunken der Vulpius zerstört worden war. «Freilich mag wohl seine Frau schuld daran gewesen sein», schließt sie boshaft. «Das kleine närrische Wesen, nämlich die Arnim, hat mir sehr wohl gefallen, und allen, die sie gesehen haben. Auch hatte er sie mir sonst sehr gelobt.»

Sonst «sehr gelobt»? Davon erfuhr Bettina nichts. Sie fühlte sich verraten und verkannt. Was hatte sie dem Angebeteten überhaupt bedeutet? Der umworbene Dichter hatte sich ihre Bewunderung, ihren jugendlichen Enthusiasmus und die hübschen Geschenke – eine Dürerkopie, ein Elfenbeinbesteck, eine Samtweste – wohl gefallen lassen und mit freundlichen Briefchen gedankt. Er hatte ihren phantastischen Erzählungen bereitwillig gelauscht und die seiner Mutter abgeluchsten Memoiren in *Dichtung und Wahrheit* eingefügt. Bei der Niederschrift hatte wohl auch die Erinnerung an Maxe ihn bewegt, die er sehr liebevoll schildert: «niedlich gebaut, eine freie, anmuthige Bildung, die schwärzesten Augen...»

Aber leider, so «niedlich» wie Maxe, so angenehm wie jene zarte Rokokogestalt war ihre Tochter nicht. Diese anstrengende Bettina mit dem anspruchsvollen Wesen benutzte ihn wohl auch zu ihren eigenen Zwecken; und trotz der «schwärzesten Augen» (die denen der Maxe immerhin glichen) stellte sie weder körperlich noch geistig sein Ideal dar. Sie war energisch und intelligent – aber intelligente Frauen waren Goethes Fall nie gewesen. Die Mischung aus kindlicher Schwärmerei, knabenhafter Attitüde und weiblicher Sinnlichkeit mochte als *Mignon* in der Dichtung berechtigt sein und hatte ihn an drei heißen Augusttagen hingerissen – auf Dauer aber war sie nur schwer erträglich, und wenn auch ihre Schmeicheltöne ihn rührten, besaß sie doch als Frau weder den Charme einer Minna Herzlieb, deren anschmiegsames Gemüt ihn anzog, noch das aufreizende Feuer der mit Bettina gleichaltrigen Sylvie von Ziegesar. Auf ihre Geistesblitze aber und ihre erotischen Anspielungen konnte er ebenso verzichten wie auf ihre zärtlichen Angebote, die abzuwehren allmählich Mühe bereitete.

Als Achim den Skandal wenig später seinem Freund Savigny unter dem Siegel der Verschwiegenheit aus Frankfurt mitteilt, nimmt er, was Christiane betrifft, kein Blatt vor den Mund, bezichtigte sie auch Grimm gegenüber der «Hurerei mit Schauspielern» und greift Goethe an, weil «alle Liebe, die meine Frau ihm bezeugt, wohl ein paar entschuldigende, freundliche Worte verdient hätte». Im guten Glauben behauptet er schließlich: «Bettine mag nicht mehr gerne von Göthe hören.» Das mag sein Eindruck gewesen sein. Die Wirklichkeit sah anders aus. Mit gespielter Gleichgültigkeit täuschte Bettina ihn über ihre wahre Verzweiflung hinweg. Goethe war ihr Gott auf Erden, der sie berauscht, ihre schöpferische Begabung, ihre Liebesfähigkeit geweckt hatte – sie wollte sich der Unsterblichkeit nähern, und der Genius wandte sich ab. Bettina verstummte, vermied seinen Namen, die Korrespondenz erlosch. Sie selber hatte ihr Glück verspielt. Doch der Gedanke an Goethe schwelte weiter wie Glut unter der Asche, ließ Briefe entstehen, in denen sie ihm zurief: «Mit Dir hab ich zu sprechen! – nicht mit dem, der mich von sich gestoßen, der der Tränen nicht geachtet», Briefe, die mit der Beschwörung enden: «so ist dein Bett in meinem Herzen bereitet, verschmähe es nicht».

Goethe verschmähte es und verweigerte die Antwort. Es wirkt paradox: er blieb unerreichbar und war dennoch eine feststehende Größe ihres Lebens. Zum Schweigen verdammt, verlegte sie die Beziehung nach innen und suchte mit Geduld und Zähigkeit nach Mitteln und Wegen, sich ihm wieder nähern zu können. Einem Freund, Ernst von Meusebach, hat sie erklärt, ebenso *ein Kind Goethes* zu sein, wie sie *ein Kind Gottes* sei. Nach Christianes Tod und zehn Jahre nach dem Zerwürfnis erschien sie unangemeldet – und nicht zum letztenmal – wieder im Haus am Frauenplan.

Das Buch aber, in dem sie sich und Goethe in einem Atem nannte, das Liebes- und Lebensbekenntnis, das ihr die ersehnte Berühmtheit brachte: *Goethes Briefwechsel mit einem Kinde*, sie veröffentlichte es erst in dem Augenblick, als beide, Goethe und Achim, tot waren.

«Die mir näher liegt als irgend ein Mensch»

Eheglück und Kindersegen. 1812/1813

Ich habe beide von ganzem Herzen lieb,
wie ich es nicht sagen kann.
(Wilhelm an Jacob Grimm, 1812)

Eigentlich sollte die schwangere Bettina auf Anraten des Arztes noch zwei Wochen in Weimar bleiben, doch über Goethe empört, reisten die Arnims früher weiter. Im Frankfurter *Goldenen Kopf* wurden sie von den versammelten Brentanos freudig empfangen. Zum erstenmal erlebten sie Arnim als Ehemann, und man war sich einig, daß Bettina das große Los gezogen hatte und ihr Mann «der schönste Mensch, die edelste Natur, der lieblichste Gesellschafter» sei. Alle Geschwister liebten ihn, was ihm unendlich wohl tat: «...ich werde gesucht, gelobt, besser als es mir je in Berlin geworden.« Auch Georg Friedrich von Guaita, Senator und Bürgermeister von Frankfurt, mit der bezaubernden Meline verheiratet, bewunderte Arnims Werke, und seine Stücke wurden auf dem Liebhabertheater wiederholt aufgeführt. Glücklich über das ungewohnte, harmonische Familienleben schrieb Arnim am 4. Dezember 1811 an Savigny, dem er stets auch privateste Dinge anvertraute: «Meine Frau wird alle Tage schöner und dicker; was mich sonst an ihr zuweilen gestört, hat sich allmählich ganz verloren, und indem ich heute, am 4ten, den Jahrestag unserer Verlobung feire, denke ich des schönsten Jahres meines Lebens, und daß ich nicht umsonst in der Welt umhergetrieben bin...»

Auf der Rückfahrt machten sie Station in Kassel, wo sie

Jacob und Wilhelm Grimm bei der geplanten ersten Ausgabe der *Kinder- und Hausmärchen* behilflich waren. Dann wählten sie die Route über Weimar aus einem einzigen Grund: vielleicht würde Goethe jetzt seinen Widerwillen ablegen. Aber den Weg hätten sie sich sparen können: sie wurden nicht einmal vorgelassen. «Gott weiß, wie ich's verschuldet habe; ich habe mir auch tausend Vorwürfe gemacht...», schrieb Bettina später seiner Schwiegertochter Ottilie. Immer von sich selbst überzeugt, merkt sie trotzig an: «Ich hätte es ihm unmöglich machen sollen, sich von mir loszusagen...» Goethe blieb unversöhnlich. Schlimmer noch, die unglückliche Bettina bekam sein Desinteresse im gleichen Jahr noch bitterer zu spüren. Im Juli 1812 fuhr die Familie auf Gundas Rat zu einer Badereise nach Teplitz, wo sie sich mit Wilhelm von Humboldt vorzüglich verstanden. «Am längsten war ich gestern bei der Arnim», schrieb er seiner Frau, «die mit ihrem Mann hier ist. Beide sind geistreich und angenehm.»

Zur Feier der ebenfalls in Teplitz anwesenden Kaiserin von Österreich tauchte unerwartet auch Goethe auf. Bettina begriff ihre Chance, lief ihm nach in der Gewißheit, er könne sie am Ort ihrer Vertrautheit unmöglich abweisen. «Göthe wurde von meiner Frau im Garten angeredet, wandte sich aber mit einem Lebewohl fort», so der empörte Arnim. Obgleich sich damals in Teplitz durch Bettinas vorherige Vermittlung die Begegnung des Dichters mit Beethoven vollzog, gönnte er ihr selbst kein Wort. Allerdings stand auch das Treffen mit dem großen Komponisten unter einem ungünstigen Stern. Beethovens Talent habe ihn erstaunt, «allein er ist leider eine ganz ungebändigte Persönlichkeit», erfuhr Musikprofessor Zelter, dessen Liedvertonungen Goethe weit mehr schätzte als die «ungebändigten» Kompositionen Beethovens.

Seinem Ärger über die Aufdringlichkeit der Arnims machte er in wütenden Versen Luft. (*Denn ihr seid neu und ich bin alt geboren. / Macht, was ihr wollt; nur laßt mich ungeschoren!*) Dazu paßt die böse Bemerkung an Christiane vom 5. August 1812: «Von Arnims nehme ich nicht die geringste Notiz; ich bin sehr froh, daß ich die Tollhäusler los bin.»

Für Arnim wäre alles noch peinlicher gewesen, hätte er gewußt, wie wenig der Hochverehrte von seinen Werken hielt. Bei Kanzler von Müller klagte Goethe über «Tieck, Arnim und Konsorten», die die alten Stoffe «verwässern und versauen», er, Goethe, habe keine Lust, diese Verrückten immer wieder «aus dem Schlamm zu ziehen». Varnhagen gegenüber äußerte er sich noch schärfer: Arnims überbordendes Talent sei wie ein Faß, woran die Küfer den Reifen vergessen, so daß an den Seiten alles herauslaufe. Das Zerwürfnis mit dem größten deutschen Dichter, dessen kosmopolitische Ansichten seiner eigenen preußisch-nationalen Haltung widersprachen, traf Arnim aber nicht so hart wie Bettina, deren Welt um Dimensionen ärmer wurde. Das Feuer war erloschen, «von dessen Gluten meine Liebe genährt, meine Phantasie entzündet, an dem meiner Jugend Götter heimisch waren», sie fand sich «weggeworfen» und verstummte.

Für ihre Ehe aber erwies sich der Goethekrach als wahrer Segen. Nach Reisen, Unruhen und Beschwerden wandte sich eine verwandelte Bettina liebevoller als je dem Mann zu, mit dem sie seit einem Jahr verheiratet war. Arnim, über die Veränderung glücklich, glaubte zu wissen, wohin er gehörte, bis ein überraschendes Wiedersehen mit Auguste von Schwinck ihn so verwirrte, daß er Clemens aufgeregt davon berichten muß. Auguste sei schön wie je, *er* aber nunmehr ganz gleichgültig, «und wenn sie sich nackt vor mir ausziehen wollte und alle Trennlieder, die ich auf sie gemacht, mir vorsingen, ich gebe noch nicht das Haar darum, was in Bettinens Kamm beym Auskämmen stecken bleibt». Die Übertreibung ist Gradmesser seiner Erregtheit. Fast fünfzig Gedichte auf Auguste sind entstanden, die seine Liebe bekunden, denn

Achim von Arnim nach einer Zeichnung von Clemens Brentano, der ihn als «Herzbruder» titulierte und über ihn schrieb: «Arnim hat mir unendlich viele herrliche poetische Arbeiten vorgelesen. Deutschland wird ihn einst bewundern und er gewiß ewig mein Freund sein.»

immer noch beschäftigt sie ihn: *Nur was ich liebe, das ist mein...*

Bettina erwartete geduldig die herannahende Geburt und behauptete, in der kleinen Welt ihrer Häuslichkeit zufrieden zu sein. «Was mich sonst an ihr zuweilen gestört, hat sich allmählich ganz verloren» – Arnims Bemerkung klingt wie der Auftakt zu einer Zweisamkeit, in der ihn Bettina – vielleicht zum erstenmal, seit sie sich kannten – ungeteilt liebte, und er genoß Augenblicke schwerelosen Glücks. *Seit ich dich in steter Nähe, / Mich wie deinen Schatten sehe, / Ach, wie anders Gegenwart, / Stunden, wie von andrer Art...*

Sie verstanden sich, waren sich einig, rückten enger zusammen. Arnims Gedicht für Bettina steht am Schluß seiner ersten *Novellensammlung,* die 1812 bei Reimer erschien und in der «Zeitung für die elegante Welt» zum Hervorragendsten gezählt wurde, was es «in unserer Literatur gibt». Der junge Ehemann war als Dichter nicht untätig. Seine besten Erzählungen finden sich in diesem Band, an ihrer Spitze die romantische, aus Märchen und Historie, Traum und Wirklichkeit gewobene Novelle *Isabella von Ägypten, Kaiser Karls des Fünften erste Jugendliebe* sowie die Erzählung *Melück Maria Blainville,* in der er auch der unglücklichen Caroline von Günderode gedenkt, deren Tod ihn geschmerzt und deren selbstgewählter Grabspruch ihn tief bewegt hat. Das neue Buch wurde unterschiedlich aufgenommen. Keiner der Freunde war wirklich zufrieden. Die beiden Grimms lobten zwar das Talent, «die feinsten, reichsten Erfindungen und Verwicklungen» zu schildern und «so viele wunderbare Bilder vor die Seele zu stellen, ein Maler könnte reich daraus werden», aber es mißfiel ihnen Arnims Eigenart, mitten in der Handlung «verborgene Türen von allen Seiten zu öffnen», nämlich zu unnötigen Abschweifungen, wie es Goethe mit dem Bild vom auslaufenden Faß als Arnims größte Schwäche beanstandet hat.

Im Hinterhaus des Vossischen Palais' an der Wilhelmstraße, von Gärten und hohen Bäumen umgeben, erwarteten Achim und Bettina ihr erstes Kind. Der ruhe- und rastlose Clemens, von Scheidungsverhandlungen mit Auguste Bußmann zermürbt, wäre gern zu ihnen gezogen, doch das lehnten sie beide ab. Für Bettina war der unberechenbare Quälgeist mit seinen Forderungen eine Belastung. Achim kritisierte seine Eskapaden, die ihn jede Nacht zu anderen Frauen zogen. Er wußte um die sexuellen Nöte des Freundes, um die «verruchten Liebesteufel», doch ist fraglich, ob sein frecher Ratschlag eher nützte oder ärgerte: «Mensch, was soll mit Deinen ewigen Liebeleien aus Dir werden», schrieb ihm Achim sarkastisch, «ich sehe keinen andern Rat, Du mußt Dich entweder kastrieren lassen oder eine schöne, reiche, liebevolle, geistliche, heitere, junge und nimmer altwerdende Frau heiraten, die statt Deiner die Schwanzsterne besieht, damit Du ruhig schlafen kannst.» Clemens, der hochbegabte Lyriker, Fabulierer und Märchenerzähler, sah sein kinder- und berufsloses Leben, das er «teils in Irrtum, teils in Sünde, teils in falschen Bestrebungen» verloren habe, als gescheitert an.

Am 5. Mai 1812 wird Arnims erster Sohn geboren, Johannes *Freimund*. Das Kind mußte wegen seines dicken Kopfes und verwickelter Nabelschnur mit Zangen geholt werden; Arnim war in sechs schweren Stunden zugegen und brach, während er den Kopf der Gebärenden stützte und ihren Leib drückte, in Tränen aus.

Dem Neugeborenen und seiner Mutter widmen Jacob und Wilhelm Grimm Weihnachten 1812 die erste Ausgabe ihrer gerade erschienenen *Kinder- und Hausmärchen*. Die Brüder hatten Achim und Bettina als ein harmonisches Paar erlebt; von Streit, Mißverständnissen oder exzentrischen Launen kein Wort. «Die acht Tage, wo der Arnim dagewesen und die Bettina, waren wie ein heller Himmel in den Gedanken», notiert Wilhelm Grimm. «Ich habe beide von ganzem Herzen lieb, wie ich es nicht sagen kann.»

Berlins Bevölkerung rüstete sich zum Widerstand gegen die Franzosen. Im April 1813 rief König Friedrich Wilhelm III. mit dem Aufruf «An mein Volk» zur Erhebung gegen Napoleon, dessen *Grande Armée*, von Kälte und Hunger aufgerieben, den Rückzug aus Rußland angetreten hatte. Eichendorff und Körner traten in Lützows Freikorps, der Dichter Fouqué in ein freiwilliges Jägerbataillon ein; Achim von Arnim meldete sich als Offizier mit einer Equipage von «zwei Paar starken Strümpfen und zwei Hemden» bei der Landwehr, wurde dort aber abgewiesen und kam niedergeschlagen nach Hause. Erst als zur Verteidigung der bedrohten Hauptstadt ein bewaffneter Landsturm der Bürger organisiert wurde, ergab sich auch für ihn die Gelegenheit zu einer aktiven Beteiligung. Als Hauptmann und Vizechef eines Bataillons trat er beim Landsturm ein und stiftete der patriotischen Sache sogar das Honorar seiner *Schaubühne*, einem Buch, das seiner Lieblingsidee entsprechend Schauspiele unterschiedlicher Gattungen nach älteren Vorlagen enthielt.

Im Mai 1813 geriet Berlin durch die anrückenden Truppen des Generals Ney in Gefahr, von den Franzosen eingenommen zu werden. Die Familien, die es sich leisten konnten, verließen die durch Bülow nur schwach verteidigte Stadt; eine Auswanderungswelle setzte ein, bis Berlin «einem stillen Dorfe ähnlich geworden war», wie Bettina schreibt. Auch Gunda von Savigny floh mit ihren Kindern über Hirschberg und Prag nach Bukowan. Nur Bettina, von Natur furchtlos, war nicht zu bewegen, ihren Mann im Stich zu lassen. Jeder Tag mit ihm sei ihr kostbar, schrieb sie der überängstlichen Gunda. Für Arnim war es wie ein Geschenk, daß Bettina bei ihm blieb, «als einzige Frau von unserer ganzen Bekanntschaft», wie er seiner Tante, Gräfin Schlitz, stolz mitteilt. Ihr Bleiben war ein Liebeserweis, der ihn beglückte.

Aus Ersparnisgründen gaben sie ihre Wohnung auf und siedelten zum verlassenen Savigny in die Oberwallstraße

Die Brüder Jacob und Wilhelm Grimm, die ihre *Kinder- und Hausmärchen* 1812 Bettina und ihrem ersten Sohn Freimund widmeten, gehörten lebenslang zu Arnims engsten Freunden, deren literarisches Urteil ihm wichtig war. Später setzte Bettina sich für die ihrer Ämter enthobenen Brüder ein, bis ihre Wiedereinstellung durch Friedrich Wilhelm IV. erreicht war. Nach Arnims Tod übernahm Wilhelm Grimm die Herausgabe seiner Werke.

über, was Arnim mit skurrilem Witz quittiert: «Die Zimmer oben sind schon trefflich eingerichtet, meine Bibliothek steht im letzten Zimmer bey dem Herde, da will ich mir unter den Trümmern großer Zeiten Teltower Rüben kochen.» Seine Heiterkeit schwand jedoch, als der Landsturm nach dem Waffenstillstand im Juli 1813 wegen befürchteter «revolutionärer Umtriebe» aufgelöst wurde, und deprimiert beklagt er sich bei Clemens, daß er «nach vieler verlorener Zeit wieder auf die Poesie reduziert» sei – eine Äußerung, die nicht gerade vom Feuer der Begeisterung durchdrungen scheint, seltsam befremdlich für einen angehenden Dichter von zweiunddreißig Jahren und armen Teufel, der er war.

Arnim habe bei ihrer Heirat einen Ehekontrakt unterschreiben müssen, berichtet Bettina später, wonach er keinen Taler von ihrem Vermögen für sich verwenden durfte. Die oft geübte Gepflogenheit verarmter Adliger, ihre Vermögensumstände durch reiche Heirat aufzubessern, galt nicht für ihn. Allerdings konnte, vermutlich durch Savignys Vermittlung, doch eine größere Summe zur Tilgung der auf den Gütern liegenden Kredite flüssiggemacht werden.

Um die täglichen Lebenskosten bestreiten zu können, verkaufte Bettina, mit ihrem zweiten Kind schwanger, ihre Kostbarkeiten. «...wir lebten vom Verkauf der Sachen, die uns entbehrlich deuchten; von dem Silberzeug, welches ich noch mitgebracht, hatte Arnim schon vorher einen Reiter ausgestattet.» Nie verlor sie ihren Humor, der ihr in Zeiten der Not wie eine Medizin zur Verfügung stand. «Gestern ist aus der letzten und einzigen Schüssel, die ich noch besitze, ein Stück gebrochen. Das hat Gott geschehen lassen, damit ich durchaus keinen Gast mehr einlade», versichert sie heiter ihrer auf der Flucht befindlichen Schwester. «Wir essen nun alle Tage nichts als ein Pfund Fleisch und Gemüse und Milchsuppe, abends Biersuppe oder Tee... Alle Menschen prophezeihen mir eine frühere Niederkunft, weil mein Kind so ungeheuer beweglich und stark ist.»

Am 2. Oktober 1813 – Freimund wurde noch gestillt – brachte Bettina ihr zweites Kind zur Welt, dessen Name Lucas *Siegmund* ihre gemeinsame Begeisterung für die nationale Freiheitsbewegung spiegelt. Daß die Namen, die Arnim seinen vier Söhnen gab, alle auf *mund* – althochdeutsch «Mann» – enden, dokumentiert sowohl den Wunsch des Romantikers, das Mittelalter wiederzubeleben, als auch seine politisch-patriotische Haltung. Siegmund: «er ruft den Sieg Tag und Nacht aus», verkündet Arnim nach der gewonnenen Völkerschlacht bei Leipzig, zufrieden, daß ihm die Redaktion des «Preußischen Correspondenten» übertragen worden war. Endlich konnte er sich politisch betätigen und zugleich die Familie ernähren.

Dann machten Auseinandersetzungen mit der Zensurbehörde ihm auch diese Aufgabe unmöglich, und im Februar 1814 sah er sich gezwungen, den Posten wegen ständiger Mißhelligkeiten an Niebuhr abzutreten. Das Gefühl, versagt zu haben, nichts zu leisten, quälte Arnim von diesem Augenblick an. Er wußte keinen Ausweg. Der notorische Geldmangel, die eingeschränkten Verhältnisse, der Gedanke, ohne Anstellung vor der Berliner Gesellschaft bestehen und immer wieder dem Vorwurf begegnen zu müssen, an den Befreiungskriegen nicht teilgenommen zu haben, wuchsen sich zu einer psychischen Belastung aus. «Meine Vermögensumstände sind in hohem Grade drückend, ich bin fast ohne Einkommen», das gab den Ausschlag, einen Umzug ins Ländchen Bärwalde – wenn auch nur vorübergehend – ins Auge zu fassen. Clemens sprach vom armen Arnim und von der «Arnimsarmut», als wäre es ein Sprichwort, «arm wie Arnim» zu sein. Bettina verhielt sich abwartend. Leicht und leichtsinnig hatten sie mit Stehpult und Fortepiano ihre Ehe begonnen – zum Geldverdienen schien beides ungeeignet. Sie packten ihre Sachen und nahmen Abschied. Der Zufluchtsort hieß Wiepersdorf.

«Mit dem Landleben zufrieden»

Gutsherr auf Wiepersdorf. 1814 / 1817

Vieles ist hart in der Welt eingerichtet,
dieses Leben mit der gesamten Natur hat
inzwischen doch einen Ersatz für die Mühe, wie
es kein königlicher Dienst aufzuweisen hat.
(Arnim an Bettina, 1818)

Wiepersdorf, den 16. April 1814

«Lieber Savigny!
Nach langer Irrfahrt (wir hatten nicht nur den rechten, sondern überhaupt den Weg verloren, und ich ging dem Wagen voraus, um ihn zu suchen) kamen wir hier nachts nach 1 Uhr an, meine Frau ist von der Nachtfahrt noch etwas angegriffen, die Kinder sind wohl...»

Das Wiepersdorfer Leben schien einen vergnügten Anfang zu nehmen. Sie inspizierten das Gutshaus, die muffigen Räume, morschen Dielen und Fenster, die zerschlissenen Reste gewesener Pracht, von der noch Wände mit goldenen Leisten und roter Seidenbespannung zeugten. Mit Mühe hatten sie das Haus in der weiten Ebene zwischen Kiefern und Kartoffeläckern im südlichsten Zipfel der Mark Brandenburg überhaupt gefunden.

«Ich war die beyden Tage mit Aufräumen angestrengt beschäftigt» – Arnim legte Hand an. Das barocke Gebäude, zuletzt im Jahre 1788 durch Anbauten erweitert und seit langem verpachtet, war in renovierungsbedürftigem Zustand. Zimmermann, Maurer und Schlosser kamen, noch war man guter Stimmung, zumal der junge Gutsherr bald auch andere Beschäftigungen entdeckte, die ihm mehr lagen als Handwerkerei. «Ich habe hier ein sehr reichhaltiges Archiv gefunden und ein paar Tage darin geschwelgt...» Literarische Pläne erwachen, beflügelt noch durch die Genugtuung, daß sein Stück *Die Befreiung von Wesel*, ein historisches Schauspiel mit deutlichem Bezug zur Gegenwart, anläßlich der «Befreiung» von Napoleons Besatzungstruppen öffentlich aufgeführt wurde. Er hatte das Stück auch an Goethe geschickt, der geschraubt, aber höchst diplomatisch antwortete, daß die Pausen in einer Freundschaft ebenso nötig seien wie die Pausen in der Musik. Dazu ein magerer Gruß an Bettina.

Ihr gegenüber legte Arnim neue Landlust an den Tag. Er pflanzte Baumgruppen, ließ Getreide säen, riß Stallungen ab und gab sich das Ansehen des geborenen Gutsherrn. Daß der Frohsinn nur vorgetäuscht war, ließ ein Brief von Görres ahnen, der in Arnims Bericht seine bedrückende Unentschlossenheit entdeckt hatte. «Mich dünkt, das Landleben bekommt dir nicht sonderlich», schrieb der Freund. «Alles an dem ökonomischen Treiben ist deiner Natur zuwider, und es kann nicht viel dabey herauskommen.»

Solche Prognosen dienten kaum der Ermutigung. Zum Glück kam Clemens und brachte unternehmerischen Schwung in die ländliche Abgeschiedenheit, wenn der umtriebige Wirrkopf auch nicht einfach war. «Ich bin ein ganz wahnwitziger Mensch in manchen Sachen...», das wußte Clemens selbst. Sie lasen sich gegenseitig ihre «aufgehäuften Manuskripte» vor, verfaßten anekdotenhafte Biographien, Clemens dichtete *Die Schachtel mit der Friedenspuppe*, Arnim widmete sich seinem Trauerspiel *Die Gleichen*, man schmiedete Pläne, lag stundenlang erzählend im Gras, sang, fühlte sich frei und spielte mit den beiden Söhnchen. «Die Kinder sind meine Freude und Arnims Seligkeit, also werden's doch noch Kinder geben, es mag noch so streng hergehn...»

Es geht keineswegs «streng» her, im Gegenteil. Achim und Bettina sind so verliebt, daß ihre «Liebkosungen» und Scherze («unschuldig» sind sie nicht, lacht Arnim) bis zu Savignys hinüberdringen. Nur der Winter ist streng, aber danach kehren sie alle nach Berlin zurück, wo am 9. Februar 1815 der dritte Sohn geboren wird, Anton Nepomuk *Friedmund*, der Schinkel und Gneisenau zu Paten erhält. *Sei mir gegrüßt, du frühes Kinderschreien, / Sie leben noch, die unser Leben teilen…*

Merkwürdig war, daß es Arnim in seiner Geburtsstadt Berlin nicht aushielt. Da hockten ihm die Gläubiger auf den Fersen, bedrängten ihn unverschämte Vermieter, gab es störende Nachbarn und überflüssige Einladungen bei «hochgestellten» Leuten. Aus freiem Antrieb machte er sich im neuen Jahr 1815 wieder nach Wiepersdorf auf. Er brauchte eine Lebensaufgabe, um vor sich und den anderen bestehen zu können. Außerdem war das Landleben erheblich billiger. «Ein größeres öffentliches Leben war mir unerreichbar, ein kleineres Mitlaufen gestattete meine Lage nicht, so ist mir die Einsamkeit willkommen», schrieb er an Grimm, der aus der Erklärung wohl auch Resignation heraushörte. Dem Vater von drei Kindern saß die Angst im Nacken, in Schulden zu ersticken, und mit mehr Pflichtgefühl als Begeisterung vollzog er tapfer die Umstellung seines gesamten bisherigen Daseins.

Die Güter Wiepersdorf und Bärwalde brachten an Pacht etwa 8000 Taler ein, die aber allein durch die Schuldzinsen für einen Kredit von 150 000 Talern, wie Wilhelm Grimm in Erfahrung brachte, aufgebraucht wurden. Oft mußte Arnim um Zahlungsaufschub bitten, und die Ersparnis für Miete und Holz von 600 Talern, für Lebensmittel von 200 Talern ließ ihm angesichts der übrigen miserablen Wirtschaftslage keinen Spielraum. Noch erwog er, an den Rhein zu ziehen. Von Landwirtschaft war nicht die Rede, der Aufenthalt in romantischer *Waldeinsamkeit,* wie ein Gedicht lautete, ließ eher an «Sommerfrische» denken. «Bettine ist mit dem Landleben zufrieden, dennoch machen wir alle Tage neue Reisen in unseren Gesprächen… Vielleicht halte ich Vorlesungen – hab so was im Kopf!»

Wiepersdorf lag inmitten weiter Getreide- und Kartoffelfelder so einsam, daß das junge Paar das Gutshaus zunächst nicht finden konnte. Wilhelm Grimm schreibt: «Arnims Haus ist geräumig und der Garten daran und der Wald von Birken dahinter schön, doch ist jenes inwendig ziemlich verfallen… war aber mit Pracht und eigentlich fürstlich eingerichtet.» Die Zeichnung gibt den schlichten Barockbau inmitten der von Arnim gepflanzten Bäume wieder.

Vor dem Abschied hatten sie in Berlin eine rege Geselligkeit genossen. Caroline von Humboldt schilderte im Februar 1815 die Runde «kluger Leute», die zu ihr zum Tee kam: der Historiker Niebuhr und der eloquente Professor der Theologie, Friedrich Daniel Schleiermacher, der Bildhauer Rauch, Savignys und die beiden Arnims. «Er, Arnim, Bettinens Ehegemahl, ist ein gar hübscher und liebenswürdiger Mann. Bettina spricht, wenn sie will, sehr klug.» Die Antwort ihres Gatten klang doppeldeutig. «Daß sich Bettina um Dich Mühe gibt, begreife ich sehr... Ich habe sie sehr gern, ob ich gleich nicht glaube, daß es gegenseitig bei ihr ist.» Später behauptet er das Gegenteil: Bettina sei in ihn verliebt, während er versuche, sich ihr zu entziehen.

In Wiepersdorf ist es mit jeder Art von Geselligkeit vorbei. Zunächst helfen die drei kleinen Söhne Bettina über die Einsamkeit hinweg, und sie ist fest entschlossen, das Beste aus allem zu machen. «Die Kinder sind hier wie die Fisch im Wasser. Siegmund hat sich sehr erholt. Es ist wunderschön hier, ich vermisse Berlin gar nicht, aber wohl mein *Plätteisen, meine Waschwanne, mein Schauerfaß, meinen Zuber, Kehrbesen, Schrubber, Schippe und Sonnenhut, meinen Savigny und Gundel.* Wenn es Euch möglich ist, so packt es alles zusammen und bringts hierher...»

Wenn man als verwöhnte Tochter eines reichen Geschäftsmannes in geistvoller Umgebung aufgewachsen war, brauchte man eine gute Portion Humor, um die Plackerei auf dem Land zu ertragen. «Frei- und Siegmund sind wie losgelaßne Füllen... sie klettern über die Bauhölzer, sie schrammen sich Ärm, Beine und Köpfe blutig, zerreißen die Kleider in tausend Stücken, kriegen Läuse auf den Kopf und lassen sich nicht kämmen, fressen Staub und Sand und Mus und lassen sich nicht waschen, sie sehen aus wie die Teufels... und ich werde auch äußerlich bald das Ansehen vom Bettelstande haben.»

Mit siebzehn hatte sie provozierend gefragt: «Muß man

denn entbehren, wenn man liebt?» Jetzt besorgte sie Küche und Herd, lernte Obst einzukochen, Wild zu häuten und setzte sich auch an den Webstuhl. Sie mußte viel entbehren, da der eigene Mann den Misthaufen abtrug und im Stall den Dienst versah. «Arnim hat die neue Kuh mit unserm Frisierkamm gekämmt und hat ihr den ganzen ersten Tag Gesellschaft geleistet.» Noch klingt es amüsiert, später lautet es vorwurfsvoll: «...gedenke auch meiner unter den Kühen, weder die braune noch die scheckige ist Dir so innig gesinnt wie ich...»

Die Besitzungen Wiepersdorf und Bärwalde waren nicht nur heruntergewirtschaftet, ihre Verwaltung wurde durch ungünstige Aufteilungen zwischen Arnim, seinem Bruder Pitt und ihrem Onkel Graf Schlitz zusätzlich erschwert und durch endlose «Separationsverhandlungen» belastet. Obwohl es Arnim gelang, seinen Ältesten, den dreijährigen Freimund, als rechtmäßigen Erben vom Wiepersdorf eintragen zu lassen, war er verzweifelt, keinen Gewinn erwirtschaften zu können.

Bald spürte er auch Bettinas Unzufriedenheit. Es gab in dieser Gegend keinen gebildeten Landadel, keine «Cousinen, die Beethoven'sche Doppelsonaten spielen». «Deine Einsamkeit tut mir sehr leid», antwortete Arnim im Oktober 1815, «ich habe Dir für tausend Liebe ein armes, sorgenvolles Dasein gegeben, und das kränkt und quält mich bitterer als alles andere, was über mich ergehen mag.» Von seinem Pessimismus aber will Bettina nichts wissen, und zwischen Gurkenfässern, schreienden Kindern und Backpflaumen versichert sie, «überschwänglich glücklich» zu sein, wenn er nur wieder da sei. Es ist sein «lieber seidner Leib», nach dem es sie verlangt: «Ach, ich wollt, ich hing an Deinem Hals und dürft nur Dich ansehn bis in Tod.» Schöneres kann sie nicht sagen, Arnim eilt zu ihr. «Komme ich aber zurück, so soll mich nichts abhalten, geradezu unter Deine Bettdecke zu fahren.»

Mit jedem Druck der Feder
Drück ich Dich an mein Herz,
Bald tragen mich flüchtge Räder
Wieder zu Lust und Scherz.
Ich öffne leise die Türe,
Und weil es so dunkel ist,
Dir Leib und Schenkel berühre
Ob Du dieselbe bist.

Schloß Wiepersdorf war nicht gerade das, was man sich unter einem romantischen Ort vorstellt. Der Gutsherr hielt Schafe, Schweine, Kühe und Federvieh, pflanzte Gemüse und legte Obstplantagen mit Äpfel-, Birn- und Pflaumenbäumen an. Im Winter war das Leben hart, es fehlten in den Schlafstuben die Öfen, und wenn sie gesetzt wurden, rußten sie. Die Fenster waren nicht dicht, es zog, es fror, die Kinder erkrankten, «wir kochen jetzt hier alles im Kamin der Kinderstube». Warme Kleidung ist dringend nötig, Bettina bittet Gunda: «sei doch so gut und kaufe mir ein paar Winterschuh, nur nicht zu groß, auch nicht von alten Lappen, sondern neu». Zwischenhinein gibt sie der vornehmen Schwester, die ein Palais am Pariser Platz bezog, Einblick in ihren unorthodoxen Haushalt. Sie habe mit Achim einen Kuchen fabriziert, «er eine Handvoll Zucker, ich eine Handvoll Mehl, er Schnaps, ich Milch, er Zimmet, ich Butter, er Eingemachtes, ich Eier; und dann haben wir ihn gewelgert und in den Backofen getragen, und hätten wir nicht so oft gekuckt, so wär er noch besser geworden». Ein symbolischer Kuchen: sie lebten von der Hand in den Mund, und die Wirtschaft war chaotisch.

Nachdem die Familie den strengen Winter überstanden hatte, wurde Achim im Frühjahr 1816 schwer krank. Wochenlang hatte er hohes Fieber, schwebte zwischen Leben und Tod, sprach wie im Wahn, so daß Bettina ihn «die grausamsten Fantasien» murmeln hörte. Eine Brustentzündung bereitete ihm Schmerzen, er magerte ab und sah aus «wie ein Gespenst». Bettina wachte an seinem Bett, hoffend und betend, er möge nicht sterben.

Arnims Krankheit beruhte nicht nur auf «rheumatischen Beschwerden» und «hitzigem Nervenfieber», wie Grippeanfälle damals bezeichnet wurden. Er konnte die täglichen Sorgen psychisch nicht mehr verkraften. Der Zusammenbruch kündigte sich an, als er im September 1815 durch den Kurator Beelitz von seiner katastrophalen wirtschaftlichen Lage erfuhr: «– da stieg mir eine bittere Wehmut in die Augen, daß die Kinder mir einst zürnen werden, daß ich nicht besser wirtschaftete, während ich sparte all mein Tagelang.» Er ist sechsunddreißig Jahre alt und überzeugt, früh zu sterben. Wollte er es, wie Novalis, wie Heinrich von Kleist, denen der frühe Tod Nachruhm verlieh? Darauf läßt ein Gedicht *An die trauernde Gattin* schließen: *Hoffend erwarte den Tod, / denn er nur vollendet das Ganze.*

Aber anders als Kleist hatte er inzwischen schon eine Familie, die im Unglück zurückbleiben würde. Als die Krise endlich überwunden war, rief Bettina zum Pfingstfest 1816 Savigny und Wilhelm Grimm herbei, die über Arnims verändertes Aussehen wie über seine bedrückte Situation erschraken. «Arnims Haus ist geräumig, und der Garten daran und der Wald von Birken dahinter schön, doch ist jenes inwendig ziemlich verfallen, war aber mit Pracht und eigentlich fürstlich eingerichtet... Am meisten betrübt ihn wohl, daß noch keine Aussicht da ist, aus seiner verwirrten Lage herauszukommen.» Wilhelm Grimm berichtet seinem Bruder auch über die kleinen Söhne, von denen der erste sein Pate ist: «Die Kinder werden fast wie Bauernkinder aufgezogen und laufen in Kitteln, deren Zeug die Bettine selbst gewebt.» Der älteste, Freimund, habe blondes Flachshaar, Siegmund sehe mit dunklen Augen und dunkelbraunem Kraushaar «brentanoisch» aus und sei Arnims Liebling, der jüngste, Friedmund, ein «gar schönes Kind mit blauen Augen». Sein Mitleid gehört der geplagten Hausfrau, deren Kindererziehung er mit Skepsis betrachtet. «Bettine führt die Haushaltung selbst, hat alles Schwere, z. B. gutes Kochen, leicht erlernt, hat aber keine Lust an diesem Wesen, daher wird ihr alles sauer und ist doch in Unordnung. Dabei wird sie betrogen und bestohlen von allen Seiten.» Sein Resümee ist eindeutig genug. «Beiden wär zu wünschen, daß sie aus dieser Lebensart herauskämen.»

Unerwartet bot sich die Gelegenheit, das Geschick zu wenden. Franz Brentano, der Vermögensverwalter der Familie, hatte die Rückzahlung der noch vor der Französischen Revolution an die Bourbonen geliehenen Kredite erwirkt, und es war eine nicht unbeträchtliche Summe, die den Geschwistern am 28. August 1816 übergeben wurde. Erst jetzt erfuhr Bettina, daß Arnim einen Passus im Heiratskontrakt unterschrieben hatte, ihren Besitz nicht anzurühren, und nur mit Mühe konnte sie ihn überreden, ihr Geld nun zu einem Teil zur Tilgung seiner Schulden, zum anderen für eine Kur zu verwenden. Er nahm es widerstrebend, fuhr dann aber doch erleichtert im Herbst 1816 mit Savigny in den Harz, wo er in zärtlichen Briefen beteuerte, lieber mit Bettina gemeinsam dahin zu reisen, «wohin Dein Herz verlangt». Keiner von beiden ahnte, daß sie keine einzige Reise mehr zusammen machen würden.

Die unerwartete Geldquelle ließ sie mit neuem Optimismus in die Zukunft blicken. Dabei war ihnen wohl kaum bewußt, daß sie unterschiedliche, ja entgegengesetzte Pläne verfolgten. Dem Gutsherrn ging es um eine rentable Nutzung seines Besitzes. Er ließ längst fällige Reparaturen vornehmen, kaufte auf den Viehmärkten Pferde und Milchkühe und führte eine Merinoschafzucht ein. Bettina hingegen wollte nur eins: zurück nach Berlin. Sie war die schlechte medizinische Versorgung, die Verwilderung ihrer Kinder gründlich leid, außerdem konnte ihr Mann seine

Güter auch verwalten, wenn er in seinen Ställen nicht persönlich anwesend war, schließlich war er ein Dichter und kein Bauer.

Ihr Wunsch schien in Erfüllung zu gehen, denn Arnim mietete im Januar 1817 nicht nur im Hause von Schinkels Freund Beuth eine geräumige Wohnung, sondern blieb auch während der ersten Monate bei ihr. Bettina war wieder schwanger. Nach Freimund, Siegmund und Friedmund kam am 24. März 1817 ein vierter Sohn zur Welt, dessen Name die Zuversicht seiner Eltern nach den gewonnenen Freiheitskriegen in einer Phase persönlichen Aufschwungs verrät. Sie nannten ihn *Kühnemund*.

In Berlin blieb Arnim auch aus einem anderen Grund: er erwartete das Erscheinen seines großen Romans *Die Kronenwächter*, für den er jahrelang Handschriften und altdeutsche Quellen, Chroniken und Stadtgeschichte studiert hatte. Es ist der erste deutsche Historienroman, der realistische Tendenzen verfolgt, Arnims literarisch-politisches Credo, geschrieben mit Blick auf die Restaurationsepoche. Die Stauferkrone, um die sich die Handlung dreht, steht als Symbol für die unerfüllte Hoffnung auf Vereinigung der deutschen Länder, die man um 1500 ebenso vergeblich erwartete wie jetzt, nach der Zeit der Befreiungskriege. Geschichte war ihm nie eine vergangene Vorzeit, sondern nur eine andere Gegenwart. Ein großangelegtes, personenreiches Bild spätmittelalterlicher Stadtherrlichkeit wird entworfen, Geschichte poetisch gestaltet, um den Zeitgenossen Verantwortung und Verpflichtung aufzuzeigen. Am Beginn sieht man den Autor selbst in Wiepersdorf am Fenster. «Wieder ein Tag vorüber in der Einsamkeit der Dichtung! Die Glocke läutet Feierabend, und die Pflüger ziehen heim bei dem Gespann …» Der Blick wird auf Land und Welt ausgeweitet, das unscheinbare Kleine im bedeutenden Großen aufgesucht. Er vollzieht den Schritt aus der Vergangenheit in die Neuzeit, und entsprechend zeigt auch das Titelblatt, von Runge entworfen und von Schinkel ausgeführt, einen *Januskopf*, der in Vergangenes und Zukünftiges gleichzeitig schaut.

Bettina begrüßte das Erscheinen des Buches euphorisch. Endlich wurde Arnim bekannt – schon jetzt verglich man ihn mit Walter Scott –, zum anderen sah sie sich selbst am richtigen Platz: «ach ich bin doch auserwählt, daß ich mit Dir bin». Voll Stolz beschließt sie, die noch kaum etwas veröffentlicht hat, eine Rezension der *Kronenwächter* für die «Heidelberger Jahrbücher» von 1818 zu verfassen. Sie lobte das Werk nicht nur, sondern tadelte, wie ihr Mitautor Wilhelm Grimm, die verwickelten Abschweifungen («im ganzen sehr gut, im einzelnen zu überhäuft») und konnte es auch nicht unterlassen, Arnim persönlich vorzustellen. «Der, dem wir das Buch zu verdanken haben, erscheint uns wie ein Mann, der aus der Dämmerung einer nicht geahndeten Welt hervortritt, das reichbeschwerte Füllhorn auf der kräftigen Schulter, ein Gemisch von künstlichen Kleinoden, seltnen Blumen und Früchten, zum Teil noch unbekannt, aber alles edel und mit einer Großmut dargeboten, die keine Sorge, keine Sparsamkeit für die Zukunft kennt.»

Arnims Roman erreichte kein großes Lesepublikum. Jene Resonanz, die Ludwig Tieck in so hohem Maß beschieden war, daß ihn der preußische König in seine Residenzstadt holte, blieb ihm versagt. Das wird am Ende selbst Varnhagen eingestehen müssen, wenn er erklärte, daß leider der «allgemeine Erfolg unterblieb». Arnim, der in seiner Dichtung das einzig ihm mögliche Medium sah, sein Welt- und Geschichtsverständnis authentisch zu vermitteln, litt im stillen unter der fehlenden Anerkennung. Dankbar registrierte er Bettinas Unterstützung. «Und daß Du nie an mir irre geworden, sondern immer an mich geglaubt hast, ist doch viel, sehr viel wert.»

«Drum bist du glücklich dort, wo ich nicht bin»

Geteilte Matratzen – getrennte Wohnungen. 1817/1820

Ich habe nie gedacht, daß Du zum Dieb an meiner Lebenszeit werden und mir jedes Jahr ein paar Monate mehr wegstehlen würdest.
(Bettina an Arnim, 1818)

Nichts haßte Arnim mehr als den Lärm, der ihn in Berlin umgab: das Gezänk der Dienstleute, der Streit von Köchin und Küchenmädchen, das Fluchen des Hauswirts und das Gebrüll der Kinder, dazu die Unfähigkeit seiner Frau, Ordnung in dieses Chaos zu bringen. Schon im Haus der herrschsüchtigen Großmutter hatte er unter dem Krach gelitten, nun wiederholte es sich in seiner eigenen Wohnung in der Georgenstraße. Er war froh, wenn er entfliehen konnte. Zwar brach bei nächtlichen Fahrten in billigen Fuhrwerken nicht selten die Achse, der Wagen stürzte um und schleuderte ihn hinaus, doch immer kam er schließlich aufatmend in Wiepersdorf an.

Diesmal waren die Leute dabei, das Heu einzufahren. Die Felder standen hoch, in voller Pracht blühte der Garten, und eine reiche Roggenernte stand in Aussicht. Die Kirschbäume waren mit Früchten beladen, die Gemüsebeete übertrafen jede Erwartung. Ungewöhnliche Zuversicht spricht aus Arnims Briefen. «Ich schwelge in Erdbeeren und Schweizermilch und in Plänen für das Wohl der Welt...» Wie ein König fühlte er sich auf seinem eigenen Grund und Boden. In diesen Tagen vollzog sich die entscheidende Wende seines Lebens. Hier war er zu Hause, hier wurde er gebraucht.

Neuerdings fordert er Savigny auf, sich seine Adresse zu notieren: «schreib gefälligst auf den Brief: *Erbherr des Ländchens Bärwalde*».

Daß Bettina mit den Kindern bald nachkommen würde, war selbstverständlich. Alle Familien, die es sich leisten konnten – die Humboldts und die Finckensteins, die Fouqués, Pfuels und Gerlachs –, gingen im Sommer auf ihre Güter und verbrachten nur die Wintermonate in der Stadt. Bettina hielt ihn mit scheinheiligen Argumenten hin. Sie werde sich fügen, versicherte sie mit der diplomatischen Wendung: «Du bist der Beste von uns Beiden, und was Du willst, ist also auch das Beste...», aber in Wirklichkeit suchte sie eine neue, preiswerte Wohnung in Berlin, was sie geschickt mit den Kindern begründete – von denen allerdings noch keins zur Schule ging. Arnim werde die Erdbeermilch auch ohne sie genießen. «Es drängt Dich keiner an Deinem grünen Stehpult... drum bist Du glücklich dort, wo ich nicht bin.»

Für einen Landhaushalt war sie nicht geschaffen, da wurden andere Fähigkeiten gebraucht, und sie war nicht gewillt, in Küche und Keller zu wirken, die Bevorratung zu überwachen, die große Wäsche zu dirigieren. Arnim liebte seinen Wald und betrieb die Jagd mit einer Leidenschaft, die er auch auf die Söhne übertrug. Sie dagegen hatte kaum Aussicht, von den eigenen Plänen etwas zu verwirklichen. Eine Mutter von vier Kindern – und mehr sollten es nach ihrem Wunsch und seiner Vorsorge nicht werden – besaß kein Eigenleben, der riesige Haushalt verschlang Kraft und Zeit. «Ach», klagt die Zweiunddreißigjährige, «ich bin nun schon über die Hälfte meines Lebens und sehe wohl ein, daß ich geboren bin zum Dulden, aber nicht zum eigenen freien Bewegen, so sehr ich mich auch in meinen früheren Jahren danach gesehnt habe.»

Immerhin: noch kann sie fehlende Zärtlichkeit einklagen. «Nun sei tausendmal und abertausendmal geküßt und braun und blau gedrückt...» Trotz aller Mißhelligkeiten: die Sehn-

Die Karikatur zeigt Arnim bis zur Nase eingemummt im pelzgefütterten Mantel; ihm folgt Bettina mit Umhang und Schleier. «Herr und Frau von Arnim bei + 6 Grad Kälte», steht unter der Zeichnung, die offenbar auf Arnims Verfrorenheit anspielt: schon als Student trug er einen «grünen Pelz», wie Eichendorff berichtet. Die anonyme Zeichnung ist das einzige Blatt, das das Paar gemeinsam zeigt.

sucht ist größer als jeder Vorwurf. «Ich kenne kein Gesetz, das mich an dich bindet, außer der Liebe», hört er und fragt verschmitzt: «Werde ich die Zimmer hinten hinaus fertig finden? Sonst logiere ich in Deinem Bette und spiele Kämmerchens vermieten.»

Sie mochte seine erotischen Scherze – allerdings wurde schnell Ernst daraus, so zu Beginn des Jahres 1818, als sie zum fünftenmal schwanger wurde, obwohl Kühnemund noch nicht abgestillt war. Wenn sie an die Marter des Gebärenmüssens dachte, an das Bett, «worauf ich mich werde quälen müssen, dann schaudert mich, nur eine Viertelstunde in Deinen Armen, und es wird mir alles leichter vorkommen». Arnim antwortete zärtlich und ängstlich zugleich. «Bin ich, sind die Kinder so vieler Sorgen und Schmerzen wert?» Er hatte weiteren Nachwuchs verhindern wollen, «aber jene Neujahrsnacht war uns gefährlich und segensreich». Auch während der Schwangerschaft blieb Bettina unvermindert anziehend für ihn. «Der Sitz brennt mir unter dem Hintern, ich möchte fort zu Dir wie Elias auf brennendem Wagen zum Himmel», schrieb Achim. «Du lieber süßer Magnet, nach dem sich in solcher Entfernung alles aufrichtet und ausstreckt». *Aus dem Morgen kommt das Licht / Aus dem Abend kommt der Regen / Und ein liebes Angesicht / Winkt, ich soll mich zu ihm legen*... Nichts aber kann die tiefe Verbundenheit besser ausdrücken als seine Worte vom Februar 1818: «Du bist mein schwarzer Stein mit Deinen dunklen Augen, Du enthältst auch mein Ja zur Schöpfung, und Dich will ich küssen, um dieses Jas wieder erinnert zu werden.»

Einen Vorteil bot die wenig erwünschte Schwangerschaft: Bettina durfte den Sommer in Berlin verbringen und Achim in Wiepersdorf alleine hausen lassen. Unbegreiflich war ihr, daß er zusätzlich auch noch das Gut Bärwalde, dessen Pächter gekündigt hatte, eigenhändig bewirtschaften wollte. Arnims Lebensauffassung hatte sich seit Heidelberg völlig gewandelt. Schon in den *Kronenwächtern* bemerkte er, daß nur die Landarbeit segensreich sei – jetzt wiederholte er seine Überzeugung in jedem Brief. Offenbar war die Freude echt, die er bei der Heu- und Roggenernte, beim Trockenlegen der Moore, auf Vieh- und Pferdemärkten, beim Erntedankfest empfand. Hier hatte er sein Tagwerk unmittelbar vor Augen und konnte etwas leisten, ohne Kritik fürchten zu müssen.

Arnim zählt einmal die Landprodukte auf, die er nach Berlin schickt. «30 Pfund Kalbfleisch, 25 Pfund Hammelfleisch, 18 Pfund Schweinefleisch, 4 Pfund Speck, 4 Würste, 44 Pfund Weizenmehl, 7 Pfund Buchweizengrütze, 56 Pfund Brot in 8 Stücken, 8 Gänse, 2 Puten, 6 Hähne, 1 Faß Sauerkohl, 2 Metzen Mohn, 15 Pfund Butter, 4 Pfund Schmalz, 2 Mandel frische Eier, 1 Faß alte Eier, 1 Hase.»

Den häufigen Trennungen des Paares verdanken wir eine intensive und bewegende Korrespondenz, in der kein Thema ausgespart bleibt. Dieser freimütige, gewiß nicht auf Veröffentlichung berechnete Briefaustausch, der Krankheiten, Kinderprobleme und Geldmangel ebenso offen behandelt wie Zärtlichkeitserweise, Freundesnachrichten und literarische Projekte, ist in seiner Art einzigartig. Die ehelichen Mitteilungen erheben nicht den geistigen Anspruch der Humboldtschen Korrespondenz, sind weder sentimental wie bei den gleichaltrigen Clausewitz', noch gesellschaftskritisch wie die Berichte der Varnhagens. Bei Licht betrachtet, stellt der Briefwechsel von Achim und Bettina die jahrelange dramatische Auseinandersetzung zweier gleichrangiger, eigenwilliger Partner dar, von denen trotz Beschwörungen, Bitten und Vorwürfen keiner von seiner Position auch nur um Haaresbreite abweicht. Immer wieder versucht Bettina, ihren Mann zum Dichterdasein zurückzuführen – vergeblich, da sie ihn selbst durch Katastrophenmeldungen lahmlegte. «Du übst Dein altes Kunststück, mich in Allem, was ich tue, auf irgend eine frappante Art zu stören, daß ich wochenlang nach Luft schnappen muß» (8. 11. 1823).

Daß Arnim seit seiner Kindheit das Alleinsein brauchte, wollte Bettina nicht wahrhaben. Im Gegenteil, sie schilderte ihm die Vorzüge der Berliner Geselligkeit in verlockenden Farben. Onkel Karl La Roche, Bruder ihrer Mutter, und Arnims Onkel Graf Schlitz mit seiner schönen Frau Louise luden zum Essen. Seine ältesten Studienfreunde, der Postrat und Astronom Karl Pistor mit seiner Frau Charlotte, einer Stieftochter Reichardts, und Finanzrat Alberti, mit deren Schwester verheiratet, erwarteten seinen Besuch. Der Staatsminister von Staegemann sähe ihn gern bei musikalischen Soireen, seine Frau Elisabeth, die Arnims unglückliche Affäre mit Auguste von Schwinck in Königsberg miterlebt hatte, mochte Bettina seit jenem ersten Augenblick, als sie sie «in dem dunkelgrün seidenen Kleide mit den langen, breiten, goldenen Ketten und herunterhängenden gelockten Haaren» zur Tür hereinkommen sah.

Bettina konnte meisterhaft erzählen: von Ausflügen mit der Gräfin Voß in den Tiergarten und zu den Antiken von Monbijou, wo es hinter grünenden Büschen zu einer erotischen Eskapade zwischen der Dichterin Amalie von Helvig und dem alten Gneisenau kam; von überraschenden Besuchern: Friedrich von Bülow und Leopold von Gerlach, später Berlins erster Oberbürgermeister, wollten Arnim sprechen, ließen sich statt dessen Kartoffeln mit Heringen «wie die Fürsten» schmecken. Gundas elegante Abendeinladungen waren eine Beschreibung wert: dort traf man Pfuel und Grolmann sowie «die drei Grazien aus der Mark», womit sich Bettina über Caroline von Fouqué, die Verfasserin gehobener Unterhaltungsromane, und ihre beiden Töchter lustig machte. Sie habe mit dem Theaterintendanten Graf Brühl gesprochen, der sich, wie der Schauspieler Wolff, für Arnims Stücke interessierte, und hoffe glühend auf eine Aufführung, womöglich in Schinkels neuem Theater, nachdem das alte Komödienhaus an einem einzigen Tag, dem 29. Juli 1817, mitsamt den Dekorationen zu E. T. A. Hoffmanns *Undine* abgebrannt war. Ob Arnim ihre Interventionen recht waren, fragte sie nicht. Er müsse unbedingt kommen.

So farbig ihre Berichte auch waren, sie fanden keine Resonanz. Wie ein Lehrer wies Arnim seine Frau streng zurecht: man lerne auf dem Lande «an einem Tage mehr Menschen seltsamer Art kennen als in der Stadt in Jahren». Ihm jedenfalls sei dort wohl, wo jeder Morgen «sein erweckendes frohes Gefühl» habe. Nur ein einziges Mal gesteht er, daß sie ihm fehle. «Zuweilen bin ich doch auch schrecklich einsam. Küsse in den Kindern auch mich.»

Was ihn aber zunehmend verärgerte, war ihre Geringschätzung seiner Arbeit. Während er sich von früh bis spät für den Unterhalt der Familie plagte, tat sie, als sei er zum Vergnügen auf dem Land. Er warnt und mahnt. «Denke daran, daß wir mit 4 bis 5 Kindern bei so teurem Quartier, Kost usw. in Berlin gar bald nicht mehr bestehen können.» Gereizt antwortet sie: «Du kommst mir immer in Deinen Briefen so hintenherum von den Freuden und Notwendigkeiten des Landlebens, beides ist unnütz und macht mich traurig.» Besser wäre wahrhaftig, er käme zu ihr, schrieb sie im August 1818 mit der Begründung: «es muß noch in Wiepersdorf eine Matratze von mir sein, blau und weiß in die Quer gestreift von baumwollen Barchent... es ist die, auf welcher ich noch unverheiratet geschlafen habe. Ich bitte Dich sehr, darnach zu suchen.»

Nicht nur die voreheliche Matratze aber ist es, die ihn Mitte September 1818 endlich zu ihr führt, sondern das fünfte Kind, dessen Geburt so nahe bevorsteht, daß Achim Leinwand zu Windeln und die Wiege mitbringt. Er wünscht sich ein Kind, das Bettina ähnlich sei. Tatsächlich ist es nach vier Söhnen eine Tochter, die am 23. Oktober 1818 in der neuen Wohnung Unter den Linden 76 geboren wird und den Namen ihrer Großmutter erhält, *Maximiliane*, ein schönes, liebenswürdiges, dunkelhaariges Kind, der Mutter bis zuletzt eine treue Hilfe – und ihrem Vater ähnlich.

In diesem Winter 1818 muß sich zwischen ihnen ein grundsätzlicher Konflikt abgespielt haben, eine erbitterte Machtprobe mit ungewissem Ausgang. Jeder Tag war davon überschattet: der Frage nach einer Lebensform, die beiden gerecht würde. Arnim mußte feststellen, daß seine Frau zu keiner Konzession bereit war wie andere Gutsfrauen, die Seyffertitz, die Kessler oder Frau von Houwald in Sellendorf, die er ihr als Vorbild hinstellte. Ob Bettina wollte oder nicht, sie mußte nachgeben. Arnims Geldknappheit war so groß, daß er diktatorisch verlangte, die kostspielige Berliner Wohnung aufzugeben. Die Möbel wurden wieder untergestellt, und im April 1819 siedelte sie mit den fünf Kindern für ein halbes Jahr nach Wiepersdorf über. Die Ruhe dort, die Behaglichkeit und Stille waren zunächst wohltuend, ihr Miteinander liebevoller denn je. «Sei herzlich geküßt», schrieb Arnim im Sommer 1819, «ich wollte, daß ich erst wieder zwischen meinen vier Pfählen säße und Deinen zwei Beinen.» Sie ersehnte ihn nicht weniger zärtlich: «Adieu tausendmal, nicht mehr schreiben, wiederkommen, küssen, den schönen Hals beißen, Brust tätscheln und küssen, Bettine.»

Ihr guter Wille, die ungesellige Einöde als angenehm zu empfinden, wurde aber auf eine harte Probe gestellt. Gunda sprach bereits von «Exil», was Bettina sich verbat. Dennoch ließ sie durchblicken, daß sie tagelang keinen Menschen sah außer Arnims Bruder Pitt, dessen affektierte Vornehmtuerei sie lauthals verspottete. Wie vermißte sie die Diskussionen mit Schinkel, die Gespräche mit der dichtenden Amalie! Zweimal versuchte sie vergeblich, die neue Freundin nach Wiepersdorf zu locken. Die Kinder, denen sie Leinwandröcke webte und Pfeifen schnitzte, waren fast ihr einziger Umgang, und der Älteste, Freimund, war gerade erst sieben.

Nur ein Ereignis befriedigte sie damals wirklich: das Erscheinen von Arnims Schauspiel *Die Gleichen*, seinem wichtigsten dramatischen Werk. In das erste Exemplar, das sie im Juli 1819 las, schrieb Bettina so emphatisch, als hielte sie ein

Evangelium in Händen: «Süßer Engel, der in diesem Buche dem Dichter beigegeben ist, ich küsse Deinen Atem…» Das Stück dramatisiert den Konflikt des Grafen von Gleichen, zwei Frauen gleichzeitig zu lieben und zu heiraten – ein Thema, das Arnim nicht losließ, obgleich es schon Goethe in seiner *Stella* behandelt hatte. Ihm schickte Arnim das Trauerspiel, wurde aber keiner Antwort gewürdigt, was nichts anderes als Mißbilligung bedeuten konnte. Auch das «Literarische Wochenblatt» bemängelte die Unverständlichkeit der Darstellung; nur Arnims neuer Freund Ernst von Houwald lobte das Stück.

«Dichter, dessen Frau zu sein ich erwählt war…» Wieder ist Bettina diejenige, die unbeirrbar an ihn glaubt und nicht müde wird, den Freunden das Schauspiel ans Herz zu legen. «Die Humboldt hat Dein Buch gelesen und mir viel Interessantes darüber gesagt… Sie ist immer noch die Gescheiteste und Anteilnehmendste, ohne Vorurteil…» Als glühende Anwältin von Arnims Dichtung gibt sie *Die Gleichen* und seine immer noch unbekannten Stücke *Marino Caboga* und *Jahns letzter Dienst* berühmten Berliner Schauspielern zur Begutachtung. Aufgeführt wurde jedoch nichts; Arnim selbst gab zu, er habe Goethes Rat nicht befolgt und beim Schreiben die realen Bühnenbedingungen außer acht gelassen.

In Berlin erlebte Arnim, der den Druck der *Gleichen* überwachte, im Juli 1819 die Totenfeier für den ermordeten Kotzebue mit. Schon beim Wartburgfest hatten die Studenten mit der Verbrennung von Kotzebues *Geschichte des deutschen Reiches* als ein den Absolutismus verherrlichendes Buch ein Zeichen gesetzt. Öffentlich bekundete die junge Generation ihren Zorn über die versprochene, aber nie erhaltene Verfassung. Die Person Kotzebues stand symbolisch für die reaktionäre Politik, die seit der Entlassung der Reformer Humboldt und Boyen, Grolmann und Beyme übermächtig zu werden drohte. Mit seinem politisch motivierten Mord erreichte der Student Ludwig Sand jedoch das Gegenteil: Metternich traf sich mit Hardenberg in Karlsbad zu Maßnahmen, die mit der verhaßten «Demagogenverfolgung» die Überwachung der liberal Denkenden und die Zensur aller Druckwerke zur Folge hatten (der später auch Bettinas Bücher nicht entgingen). Angesehenen Gelehrten, Buchhändlern und Verlegern drohte Verhaftung; Schleiermachers Predigten wurden bespitzelt, bei Reimer und dem Philosophen Fichte kam es zu Hausdurchsuchungen und Festnahmen.

Beide, Bettina wie auch Arnim, dachten liberal und fürchteten einen Rückfall in vorrevolutionäre Zustände – auf keine andere Gefahr als diese hatte Arnim mit seinem Roman *Die Kronenwächter* hinweisen wollen. Die «Karlsbader Beschlüsse» (in Bettinas *Königsbuch* später angeprangert) legten den Grund zu einer Fehlentwicklung mit verhängnisvollen Konsequenzen. Sie und Arnim verspotteten die Spitzel- und Polizeiaktionen mit zorniger Ironie. Er habe auf der Dorfstraße, schrieb Arnim seinem Schwager, dem preußischen Justizrat von Savigny, ein altes Messer gefunden – ob er dem Polizeiminister Meldung erstatten müsse?

Aus Berlin berichtet Arnim im übrigen derart negativ, als wolle er Bettinas Klagen über die Landeinsamkeit konterkarieren. Er war bei der «Kunstpoetin» Amalie von Helvig zu einem literarischen Abend, langweilte sich entsetzlich und dachte «mit rechter Sehnsucht an meine Kartoffeln». Nun aber explodierte Bettina und ging in ihrem verärgerten Brief (vom 6. Juli 1819) so weit, ihn für böswillig zu erklären, vielleicht auch «krank im Gemüt». Die Frau eines Dichters hatte sie sein wollen – und war das Weib eines Mannes, der unrasiert, ohne Hosenträger, im schmutzigen Rock und ausgetretenen Stiefeln herumlief und sich für nichts interessierte außer für seine Äcker.

Doch wie so oft verlieh ihr der Ärger auch Kraft. Sie resignierte nicht, sondern entwarf für den Sommer 1820 ein Reiseprogramm, das nur Arnim – sie war schon wieder schwanger – ausführen konnte. Hatte er nicht längst Freund Görres wiedersehen wollen, der nach seiner Verhaftung (das erfand sie) soeben per Kabinettsorder vom König begnadigt wurde? Arnim *mußte* reisen. Wußte er überhaupt noch, wie es bei anderen Menschen aussah? Zwar glaubte Arnim, was die Geschichte mit Görres betrifft, kein Wort – doch nach Monaten des Widerstrebens fuhr er im Herbst endlich ab.

«Frankfurt, den 2. November 1820. Liebe Bettine – ich habe wirklich viel gesehen…» Die Fahrt, die auch seinen Studien zur Fortsetzung der *Kronenwächter* dienen sollte, führte ihn zum erstenmal in seinem Leben nach Waiblingen, einem bedeutsamen Ort: die Romanhandlung spielte in dieser Stadt, die er, ohne sie je gesehen zu haben, beschrieben hatte, und staunend bemerkte er, daß sein phantastisches mittelalterliches Waiblingen echter war als das der Wirklichkeit. Er besuchte in Heidelberg Friedrich Creuzer, den Geliebten der armen Caroline von Günderode, und in Stuttgart das Atelier des Bildhauers Dannecker, der von einer geplanten Goethebüste berichtete – eine Neuigkeit, die Bettina zu ihrem eigenen Denkmalentwurf inspirieren wird.

Aus Winkel am Rhein, wo er einst wenig erfreuliche Wochen mit Bettina verbracht hatte, sandte er ihr nun ein herzliches Gedicht, dessen Verse *Der Himmel treibt im Herzen Scherz / Und wer noch liebt ist jung* Bettina glücklich erwiderte. «Wer liebt der ist noch jung! Soeben leg ich Deinen lieben Brief aus Händen, um Dir zu beteuern, daß wir einerlei Meinung sind…» Die Entfernung verlieh ihren strapazierten Gefühlen neue Kraft. Sie möge auf sich aufpassen, schrieb er besorgt, «Du bist mein Leben». Er strebte nach Hause, doch nach einem Treffen mit Clemens im westfälischen Dülmen und einem Besuch bei den Grimms (die er «morgens früh im Bett überraschte»), fuhr er noch zu Goethe, den er seit dem Zerwürfnis 1811 nicht gesehen hatte.

Arnim wußte nicht, daß Bettina in einer leidenschaftlichen Aufwallung einen Brief im Ton alter Verliebtheit an Goethe geschrieben hatte, wozu der Brand des Schauspielhauses vor ihren Augen den flammenden Hintergrund bildete. Als sie die Wände des Theaters brennend niederstürzen, den roten Vorhang wie eine Fackel lodern sah, habe sie nur an ihn gedacht, nur an Goethe. «Willst Du mir nun über all diesen Schutt die Hand wieder reichen … so sag ein Wort, aber bald, denn ich hab Durst …» Goethe blieb stumm. Nun war es Arnim, der ihn ahnungslos besuchte. Der Dichter sei ihm freundlich entgegengekommen, versicherte er, doch habe sich – trotz Christianes Tod – das frühere vertraute Verhältnis nicht wiederhergestellt.

Er schildert den fast Siebzigjährigen als einen häßlichen Greis. «Unleugbar ist er gealtert in der Zeit, er hat Zähne verloren, wodurch seine Lippen eingefallen, aber sein altes Ansehen scheint noch in ihm durch …» War es nötig, das Bild des Dichterfürsten anzukratzen? Oder wollte er es seiner Frau erleichtern, daß sie in Weimar nicht erwünscht war? Was auch immer, es nützte nichts. Bettina, von Goethes körperlicher und geistiger Schönheit auf eine Weise überzeugt, die sich normalen Maßstäben entzog, würde sich nicht abhalten lassen und ein Jahr später selber wieder vor ihm stehen.

«Von einem Bettler nicht viel unterschieden»

Kränkungen, Konflikte, Vorwürfe. 1821

> *Wir sind ja beide noch auf Erden, und es kann Verzeihung zwischen uns noch Statt haben...*
> (Bettina an Arnim, 1821)

«*Lieber Freund,* hätte mich einer vor meiner Verheiratung gefragt: glaubst Du, daß Arnims Geschick und Glück innerhalb Deiner Kinderstube, Deiner Küche und dem bornierten Kreis Deiner Gedanken begründet ist?, so hätte ich mit einem bestimmten Nein geantwortet.» Er sei beschränkt und kleinlich, wollte sie damit sagen, er, der ihr einst «wie ein Phoenix von Lebensfreude» erschien, war ein Lasttier geworden, ein Packesel mit dem Joch der Pflicht im Nacken. Arnim hatte es zu verantworten, wenn seine Begabung – an die sie mehr glaubte als er selbst – zugrunde ginge.

Die Landwirtschaft lief schlecht. Die durch den Zollverein vereinheitlichten Agrarpreise verringerten die ohnehin unzureichenden Einnahmen der Güter, die mit den inzwischen zu Monokulturen entwickelten Großgrundbesitzungen östlich der Elbe nicht konkurrieren konnten. Arnims verteidigende Behauptung, er habe sich der Kinder wegen der «eisernen Notwendigkeit» gefügt, wollte Bettina nicht gelten lassen. Wenn sie schon nicht die Frau eines herausragenden Dichters sein kann, soll er wenigstens ihrer eigenen künstlerischen Entfaltung keine Steine in den Weg legen. Sie durfte nicht singen, weil es angeblich der Gesundheit schade, statt zu zeichnen solle sie den Kindern bessere Tischmanieren beibringen, zur Ölmalerei sei eine Frau ohnehin nicht geeignet. Nach zehn Ehejahren mußte sich Bettina fragen, ob sie nicht den falschen Mann geheiratet hatte.

Arnim liebte Wiepersdorf, den Ort seiner «unliterarischen Feldarbeit». Hier verließen ihn die «schwarzen Flügel der Melancholie», hier war er frei. Sommers wie winters genoß er den Blick vom Haus über die Terrasse bis dahin, wo der Wald aus Erlen und Birken begann. Trat man aus dem Gartensaal, wo man am weißen, runden Marmortisch zu frühstücken pflegte, bildeten die Blumenrabatten den Vordergrund eines Landschaftsbildes mit einem weiten, von Baumkulissen umrahmten Wiesengrund. «Kaum begreife ich es morgens, wenn ich aufwache, wie ich aus der grauen Straßenbeengung und den Staubwegen in den grünen Segen des Landes und in den weiten Himmel versetzt bin...» Gräben waren ausgehoben, ein großer Teich angelegt worden, auf dem sich Wildenten, Haubentaucher und Wasserhühner sammelten – und in dem der kleine Friedmund beinahe ertrunken wäre. «Bei den Johannisbeeren, die hier am blätterlosen Strauch wie Rubinengewinde glänzen, denke ich besonders an Friedmund, und bei den Bäumen, die fast unter der Last der Pflaumen, Äpfel und Birnen brechen, denk ich immer, daß sich der Siegmund doch nicht würde nehmen lassen, da hinauf zu klettern...»

Für Bettina war Wiepersdorf der Ort, der ihr den Mann entriß. Bei Freunden machte sie ihrem Ärger Luft. «Schimpfe nicht auf mein armes Gut bei den Leuten und verhöhne es nicht», bat Achim, «es tut mir wehe.» Zu Recht war er stolz darauf, die Familie vom Ertrag seiner Arbeit ernähren zu können. Die Schriftstellerei hatte er trotzdem nicht an den Nagel gehängt, aber er verlor sich nicht, wie Bettina, in Phantastereien, sondern stand mit beiden Beinen auf der eigenen Erde, «würdig, einflußreich und belohnend». Jeden Montag schickte er den großen Fouragewagen mit Fleisch, Gemüse, Roggenmehl und so viel Geflügel und Landbutter, daß Bettina durch Verkauf bei Freunden und

Händlern ihre Haushaltskasse aufbessern konnte. Aber er regte sich auf, daß sie den Hirschbraten aus Nachlässigkeit verderben ließ und Katzen den Rehrücken fraßen. Wenn ihr schon der Wert der Lebensmittel gleichgültig sei, solle sie wenigstens seine Mühe bedenken.

Kränkungen und Mißverständnisse. Der Konflikt spitzte sich zu. Bettina brauchte Berlin, den Brennpunkt kultureller Ereignisse, die ihrem Alltag Glanz gaben. Im Januar 1821 wurde zu Ehren der ältesten Tochter des Königs, Prinzessin Charlotte von Preußen, vor nicht weniger als viertausend Zuschauern das indische Märchen *Lulla Rukh* in «Lebenden Bildern» aufgeführt. Die königlichen Prinzen und ihre Freunde – auch die junge Elisa Radziwill, der der König aus dynastischen Gründen die Heirat mit seinem Sohn untersagte – übernahmen die Hauptrollen. Wochenlang beherrschte das Ereignis Berlin, und wenn auch Frau von Arnim, im Gegensatz zu ihrer Schwester, Frau von Savigny, niemals persönlich bei Hof erschien, war sie doch interessiert an einer Attraktion, zu deren Verherrlichung Freund Schinkel die Bühnenbilder, Operndirektor Spontini die Musik und Ehemann Achim einen Sonettenzyklus geschaffen hatten.

Ohnehin hätte Bettina in ihrem gegenwärtigen Zustand keiner Einladung folgen können. Entgegen Zank und Streit und trotz aller «Vorsichtsmaßnahmen» stand ihr im März 1821 schon wieder eine Geburt bevor. «Diese Kinder sind wie Windmühlen um mich her placiert, die, wenn der Wind gehet, mich mit ihren Flügeln im Sturm einander zuschleudern...» Ihr Optimismus schmolz auf ein Minimum zusammen. «Jakob Böhme sagt: eine Frau, die schwanger ist, trägt in der ersten Hälfte den Tod in ihrem Herzen...» Achim könne sich nicht in ihre Lage versetzen, sie fürchte die Gefahren der Geburt – gerade weil dieses Kind nicht erwünscht war. Katharina Elisabeth *Armgart*, das sechste Kind, wurde am 4. März 1821 geboren.

Wieder kam Bettina die Geburt gelegen, um sich einer Übersiedlung nach Wiepersdorf erfolgreich zu widersetzen.

Was sollte sie in der Einöde, wo Fuchs und Hase sich gute Nacht sagten und Arnim kaum Zeit für sie hatte? Alle Freunde lebten in Berlin. Humboldts ließen ihr Schloß in Tegel durch Schinkel erweitern und empfingen, was Rang und Namen hatte. Varnhagens waren aus Karlsruhe zurück, und obgleich Bettina den beredten Diplomaten nicht mochte, der Clemens eine Ohrfeige versetzt und Arnims Patriotismus bezweifelt hatte, zog es sie zu seiner Frau Rahel, mit der sie «feurig und schön» über Goethe sprach. Von Varnhagen stammt das Bonmot: «Häufen Sie Widersprüche auf Widersprüche bergehoch, überschütten Sie alles mit Blumen, lassen Sie Funken und Blitze herausleuchten und nennen Sie's Bettina.» Bei ihm lernte sie 1832 Fürst Pückler kennen, den Gartenkünstler, Weltreisenden und Verfasser der *Briefe eines Verstorbenen*, der sie zur Veröffentlichung der Goethebriefe drängte. «Fahre ja mit Goethe und Deinem Leben fort und verschweige nichts... je schleierloser Du dastehst, je mehr kannst Du nur bei mir gewinnen.» In 65 Briefen entwarf sie mit Pückler, den sie «romantisch wild» und «ironisch launisch» fand, ihre Buchidee, von seiner Seite wohlwollend kommentiert.

Allerdings kam es auch in dieser Freundschaft zu einem amourösen Eklat. Als Bettina den gleichaltrigen Fürsten mit heftigen Äußerungen aufflammender Leidenschaft überschüttete («es brannte die Frühlingsgluth einer verzweifelten Liebe auf meinen Wangen»), wies er sie empört ab. Freundschaft gerne, «aber nicht die dithyrambische Raserei einer achtzehnjährigen Bacchantin mit bloßer Gehirnsinnlichkeit, die noch obendrein nur künstlich heraufgeschraubt ist...». Mit dem Wort «Gehirnsinnlichkeit» bezeichnete er zutreffend ein Wesensmerkmal Bettinas, das sie auch künftig einsetzt, um mit Jünglingen wie Hössli, Nathusius und Döring, die williger auf sie eingingen als der erfahrene Fürst, erotisch stimulierende Korrespondenzen und geist-sinnliche Beziehungen zu unterhalten.

Aber Zurückweisungen hatten Bettina noch nie von einem Ziel abgehalten. Wenn Pückler sie der Zudringlichkeit beschuldigte, so rächte sie sich mit der Bemerkung, ihn für weitaus «bedeutender» gehalten zu haben; mit «schauderhaften Ausdrücken» könne er bei ihr nicht landen. Selbstbewußt hielt sie den Kontakt aufrecht, schenkte dem exzentrischen Mann – der ihrem eigenen in nichts ähnelte – sogar Goethes kostbaren Ring und widmete *mit freudigem Herzen* ihr Goethebuch *dem Fürsten Pückler.*

Wenn Bettina damals eine Freundin hatte, dann war es Amalie von Helvig, eine Dichterin (wie einst Caroline von Günderode) und als «Schülerin Goethes», wie sie sich selbst nannte, Verfasserin der *Schwestern von Lesbos*. Mit einem schwedischen General nicht eben glücklich verheiratet, führte sie einen sonntäglichen Literatenzirkel, in dem Bettina auch Neidhardt Graf Gneisenau traf. Der als Sieger von Waterloo berühmte Feldmarschall und Stadtkommandant von Berlin machte ihr das schriftliche Geständnis, er habe, wie viele andere, Vorurteile gegen sie gehegt, bis er sie persönlich kennenlernte. Man sei entsetzt über ihr freizügiges Benehmen in der Gesellschaft; ihn aber habe sie durch «die edle Art» gewonnen, mit der sie von Arnim spreche.

In bestimmten Kreisen galt Bettina als Außenseiterin, waren ihr Spott und der schlagfertige Witz gefürchtet, vermied man tunlichst, sie einzuladen. Sie war intelligent und eigenständig, die Verkörperung der gefürchteten weiblichen Emanzipierung – nicht jede Gastgeberin war davon erbaut. Bettina war es gleichgültig, wenn man sie schnitt, nicht aber Arnim, der ihr vorwarf, die Zunge nicht im Zaume zu halten. Geistiger Hochmut, Unnachsichtigkeit und «vorlautes Gehabe» machten ihr Feinde. Sie konnte den Professor Zelter, Direktor der Singakademie, der sie zu Beginn ihrer Ehe noch gerne besucht hatte, seiner Grobheit wegen nicht ausstehen, lachte über seine «langen Knochen und lange Weste». Sie nannte Schinkels Ehefrau Susanne hysterisch und empörte sich über Schleiermacher, der sie in einem unbewachten Augenblick habe küssen wollen. Es war fast eine Höflichkeitsform, wenn man sie in Varnhagens Zirkel «Kobold» nannte, weil sie sich nie wie eine Dame der Gesellschaft benahm.

Gneisenaus Zutrauen war eine Entschädigung für das Unverständnis derer, die «Wahnsinn» nannten, was sie nicht begreifen konnten. In seinem kultivierten Haus traf man Alexander von Humboldt, der mit Arnim naturkundliche Entdeckungen besprach, Fouqué, der ihn um Beiträge bat, den Bildhauer Rauch, der Bettina überraschend seine Goethebüste schenkte. Vor allem aber sah sie hier ihren Favoriten Karl Friedrich Schinkel, mit dem sie eine tiefe Freundschaft verband. Ihrem Gespür für «geniale Männer» war es gelungen, den großen Baumeister Preußens für sich zu gewinnen. Die erste Begegnung hatte bei Clemens stattgefunden, der durch seine Behauptung, die Dichtkunst sei der Zeichenkunst überlegen, Schinkels Protest hervorrief. Sie baten den jungen, mit Arnim gleichaltrigen Architekten zum Paten von Friedmund, wodurch sich die familiäre Bindung noch vertiefte. Bettina profitierte von seiner künstlerischen Überlegenheit, besuchte regelmäßig sein Atelier, zeichnete nach seinen Vorlagen, und wenn auch Arnim – für den er das Titelblatt der *Kronenwächter* schuf – manches an seinen Bauten zu bemängeln fand, während er seine «herrlichen Landschaften» liebte, nannte Bettina, von Schinkels Genialität unbeirrbar überzeugt, ihn enthusiastisch einen «Weltverschönerer».

Manche Entbehrung hätte Bettina willig ertragen für ihr großes Ziel: Arnims Ruhm. Fast unbewußt hat sie selber ihren Ehrgeiz offenbart, nach einem Konzert, in dem die herrliche Stimme einer Sängerin sie in einen «Abgrund von Leidenschaften» stürzte. Sie habe geweint: «Ach Arnim...

Der berühmte Architekt Karl Friedrich Schinkel, der unter König Friedrich Wilhelm III. zum «Baumeister Preußens» wurde, gehörte zu den besten Freunden der Arnims. Beide Familien pflegten einen geselligen Umgang, Arnim ernannte Schinkel zum Paten seines dritten Sohnes, Bettina besuchte ihn in seinem Atelier und nahm Zeichenunterricht bei dem genialen «Weltverschönerer», auf dessen Frau Susanne sie zeitlebens eifersüchtig war.

der Sassi ihr Gesang kam mir vor wie ein heißes, dringendes Flehen und Ringen zu Gott um Ruhm und Verewigung...»

«Ruhm und Verewigung», es waren die Triebfedern ihres eigenen Lebens.

Nur dem Dichter war es vergönnt, Werke für die Ewigkeit zu schaffen. Ihre größte Enttäuschung war, daß Arnim nicht den Willen besaß, seine *Kronenwächter* zu vollenden; daß er sich in Zeitschriftenbeiträgen verausgabte, statt sein poetisches Talent auszuschöpfen. Um den Dichter in ihm wachzurütteln, griff sie zu ihrer schärfsten Waffe: dem Vergleich mit Goethe. Auch wenn es falsch war, sie beschwor ihn als Vorbild. Goethe habe an sich geglaubt, habe Kraft und Willen besessen, turmhoch über die anderen hinauszuragen, sagte sie scharf. «Was hindert Dich, ein Arnim sein zu wollen, wie jener ein Goethe sein wollte?»

Mit keinem Wort ging Arnim auf den verletzenden Hieb ein, äußerte sich statt dessen zu Essigpflaumen und Sauerkirschen. Wenn aber in Zukunft jemals von Goethe die Rede war, fiel er in einen kritisch-sarkastischen Ton. Die Erzählungen *Fürst Ganzgott und Sänger Halbgott* und *Die zerbrochene Postkutsche* griffen die Person Goethes mehr oder weniger versteckt an; in *Wunder über Wunder* ironisierte er Goethes im *Wilhelm Meister* beschriebenen pädagogischen Ideen auf eine Weise, die unter seinem literarischen Niveau lag und den Grad seiner Verwundung bloßlegt.

Bettina nahm keine Notiz davon. Im Gegenteil, als im Mai 1821 der Termin zur Eröffnung von Schinkels neuem Schauspielhaus feststand, erwartete sie in fieberhaftem Ehrgeiz endlich die Aufführung seines Trauerspiels *Die Gleichen*, das den Intendanten Brühl wie den berühmten Schauspieler Devrient beeindruckt hatte. In der Singakademie kam ihr durch Zelter zu Ohren, daß Goethe ein Stück schreiben wolle. Sofort feuerte sie Arnim an. «Ja, ich wünsche mir nichts mehr... als ein Stück von Dir auf dem Theater zu sehen.» Die Berliner seien ins Schauspiel vernarrt. «Alles urteilt über das Theater, alles bespricht die Aufführungen», schrieb auch Heinrich Laube, Schriftsteller des «Jungen Deutschland». Er, Arnim, könnte großen Erfolg erzielen, sagte Bettina, denn er sei zum Dramatiker geboren.

Seine Antwort wirkt wie eine Ohrfeige. «Es freut mich», erwiderte Arnim spöttisch, «daß das Schauspiel endlich eröffnet ist, so hat Leerheit und Langeweile ein neues Unterkommen gefunden …» Nichts wird von ihm aufgeführt werden, zumal seine Vorliebe ohnehin mehr dem Volksstück als dem Königlichen Schauspiel gehört. Mit Schärfe kritisierte er ihre übertriebene Begeisterung für Schinkels Theaterbau. Auch er konnte verletzend sein. Früher hatten sie beide Freude am Schauspiel, an Musik, jetzt hielt er ihrem Bericht über die gelungene Aufführung von Webers *Freischütz* belehrend seine reine Naturliebe entgegen. «Meine Seligkeit ist, die weiche Schnauze meines kleinen falben Füllens zu küssen …» Was sollte sie dazu sagen? Es gab in dieser Hinsicht kaum noch eine Verständigung. Die Einweihung des Schauspielhauses wurde in Anwesenheit des Königs mit einem Prolog gefeiert, dem die gekürzte Fassung der *Iphigenie* folgte. Beides von Goethe.

Lag Arnims mangelndes Interesse für Berlin an den neuen Gutsnachbarn, von denen er überschwenglich erzählte? Die Rede war von einem Freund – genauer, von einem Ehepaar, dem Dramatiker Ernst Freiherr von Houwald und seiner Frau, die unweit von Wiepersdorf ein Landgut bewohnten. Houwald, dessen Stücke in Berlin erfolgreich aufgeführt wurden, war mit den Dichtern E. T. A. Hoffmann, Contessa und Fouqué befreundet. Fand Achim dort die Ruhe und Geborgenheit, die er bei Bettina vergeblich suchte? Es gebe in ganz Berlin kein Haus, «wo einem so aufrichtig wohl wird», versicherte er und meinte damit sowohl Houwalds Lob seiner Dichtungen als auch Houwalds liebenswürdige, «treffliche» Frau, an der sich Bettina ein Beispiel nehmen könne. Sie stehe ihrem Mann zur Seite und erziehe ihre acht Kinder so vorbildlich, daß er ihr am liebsten auch die eigenen brächte. Dabei sei sie lebendig und fröhlich, beschäftige sich und die Kinder mit Musik und Malerei – «in dem Haus lebt alles in der Literatur, spielt Komödie, probiert des Vaters und Contessas Stücke». Arnim blüht beim Erzählen auf. Houwalds bieten ihm ein zweites Zuhause, er kam nun nicht, wie versprochen, nach Berlin, sondern fuhr nach Sellendorf, blieb über Nacht, las sein Schauspiel *Marino Caboga* vor und genoß zufrieden das ersehnte Lob. Houwalds Kinder begrüßten ihn mit Zelters Liedern, und er überbrachte der freundlichen Gastgeberin Geschenke, die eigentlich ihr, Bettina, zugedacht waren, einen großen Puthahn und Zuckerkohlpflanzen, da Frau von Houwald «eine eifrige Gärtnerin ist».

Bettinas Antworten klingen kühl. Sie hat im Schauspielhaus Houwalds Stück *Das Bild* gesehen, und wenn Arnim nicht blind wäre, müsse er merken, daß es «unerträglich langweilig» sei. Im übrigen, teilt sie ihrem Mann im Juni 1821 mit, habe sie inzwischen eine Wohnung mit acht Zimmern zu 300 Talern Kurant, also leider nicht billig, angemietet. In Berlin, das sich von der Residenz- zur Großstadt entwickelte, waren Wohnungen damals so teuer, daß man sie während der Sommermonate aufgab, um die halbjährliche Miete von 200 Talern zu sparen. Fast alle Wohnungswechsel Bettinas lagen an überteuerten Mietforderungen – oder Streit mit den Vermietern, die der kinderreichen Frau das Leben schwermachten. Bettina organisierte alles selbst und bezahlte die Miete wohl auch von ihrem eigenen Geld, denn Achim befürwortete die Umzüge nicht, er reagierte eher gekränkt. «Für mich braucht nur ein Kämmerchen zu sein, ich kann doch wenig darin wohnen.» Verärgert macht er ihr seinen Standpunkt klar. «Ich wiederhole noch einmal, was ich Dir neulich schrieb, daß ich lieber die Einsamkeit hier ertragen will, als Dich oder die Kinder in ihrer Existenz zu stören.»

Jetzt ist es heraus. Nichts wird sich ändern. Auf ihre wiederholten Vorwürfe hin, daß er sein Talent vernachlässige, schrie er sie an: «Hier bin ich etwas, habe eine äußere Tätigkeit, in Berlin bin ich von einem Bettler nicht viel unterschieden.» Arnim ein Bettler? Er konnte die aufwendigen Einladungen nicht erwidern und hatte bei ständiger Geldknappheit einen großen Haushalt zu versorgen, der mit Dienstboten ständig zwölf Personen umfaßte. Von einem «Berliner Salon» bei den Arnims konnte damals nicht die Rede sein.

Sie habe ihn nicht beleidigen wollen, antwortete Bettina, müsse sie sich doch selbst anklagen, noch Wünsche zu hegen, «die mich allein angehen...». Ihren verwirrt vorgebrachten Geständnissen ist zu entnehmen, daß sie in Berlin einen Mann kennengelernt hatte, der ihr «ein ganz anderes, tieferes Leben» versprach. Von ihren seelischen Nöten («die Ewigkeit bezahlt nicht für Entbehrungen») erfuhr Arnim fast nichts; später erst hat sie die Beziehung, ohne Namensnennung, ihrem Freund Philipp Hössli gestanden. Mit offensichtlich schlechtem Gewissen fragte sie Arnim, ob sie ihn gekränkt habe, dann «bitte ich es ernstlich ab, wir sind ja beide noch auf Erden, und es kann Verzeihung zwischen uns noch Statt haben». Es war nicht länger zu übersehen, daß die Kluft zwischen ihren unterschiedlichen Lebensformen unüberbrückbar wurde.

Statt wie versprochen nach Wiepersdorf, benutzte Bettina die Gelegenheit, mit Gunda zur Familie nach Frankfurt zu fahren; ihre vier Söhne und die kleine Maxe brachte sie zu Arnim. Das Wiedersehen mit den «geldklimpernden» Brüdern im *Goldenen Kopf* und die lange Abwesenheit – sie blieb fast drei Monate – taten ihr wohl. Das Beisammensein mit Arnim im Juli war nicht erfreulich gewesen, «der Zank verdarb uns die letzte gute Stunde», schrieb er traurig.

Die Reise hatte ein bestimmtes Ziel: endlich wollte Bettina mit Familienoberhaupt Franz, inzwischen Senator und

Schöffe, ihre Vermögensverhältnisse klären. Von Gesetzes wegen konnte eine Frau damals auch dann nicht über ihr Geld verfügen, wenn es das eigene war. Die Ehe bedeutete geistige Unterordnung, wirtschaftliche Abhängigkeit und gesellschaftliche Rechtlosigkeit – in dieser Hinsicht wurden Frauen wie unmündige Kinder behandelt. Die Situation, in der sich die einst reiche, freie und verwöhnte Bettina Brentano befand, war demütigend, die Abhängigkeit von Arnim eine Zumutung, «Strafe und Pein». Seit Beginn ihrer Ehe war das Thema Geld der Hauptstreitpunkt. Jede Ausgabe, ob für Brennholz, Schuhe oder Miete, für Schulgeld, Bücher oder eine Konzertkarte, mußte sie rechtfertigen. Arnim war nicht bereit, ihr einen festen Betrag zu geben – die Finanzen wenigstens wollte er sich nicht aus der Hand nehmen lassen. Bettinas Kapital lag im Stammhaus fest, doch Franz versprach, ihr die Zinsen in Berlin durch Bethmann oder das Bankhaus Mendelssohn regelmäßig auszahlen zu lassen. Zu oft ließ Arnim sie im Stich, und Bettina bettelte nicht gern um Geld, weder bei ihrem Mann noch bei den reichen Verwandten. Das väterliche Erbe erlaubte ihr immerhin eigene Anschaffungen und war die einzige Möglichkeit, zur Selbständigkeit zu gelangen.

Überrascht vom ungewohnten Luxus, mit dem sich Franz und Georg Brentano, die zu den reichsten Familien Frankfurts zählten, in eleganten Stadt- und Landhäusern mit Gärten und Kunstschätzen umgaben, empfand sie um so deutlicher Arnims Bescheidenheit, und schwer fiel ihr aufs Herz, daß er der Kinder und ihretwegen auf alles verzichten mußte. Wie sollte er unter diesen Bedingungen dichten? «Adieu, guter, freundlicher, schönster Mann, der sich mit mir beladen hat…» Man hätte annehmen können, sie sei nach vielen schriftlichen Umarmungen zu neuer Einsicht gelangt und voll Sehnsucht nach Wiepersdorf geeilt. Keineswegs, die Sehnsucht zog sie vielmehr – zu Goethe.

Gunda, mit der sich Bettina fast die ganze Zeit über gestritten hatte, sträubte sich mit Händen und Füßen, die Rückfahrt in Weimar zu unterbrechen. Es gab einen handfesten Krach. Bettina muß aber ihren Willen durchgesetzt haben, denn am Abend des 8. November 1821 erschienen die Schwestern unangemeldet vor Goethes Tür, und Bettina ließ sich auch dann nicht abweisen, als sie erfuhr, daß im Hause gerade ein Konzert stattfand: Zelter und ein junger Musiker, der zwölfjährige Felix Mendelssohn, waren zu Gast. Unwillig führte Goethe die Damen herein, «von denen eine», wie der Musikkritiker Rellstab berichtet, «als Frau v. Arnim vorgestellt wurde – mit welcher sich Goethe den ganzen Abend kaum unterhielt».

Ungünstiger, störender hätten sie nicht in die Runde platzen können. Die geplante Versöhnung mißlang vollkommen. Aber als ob sie Arnims Kritik an Goethes Altershäßlichkeit vehement widerlegen wollte, versicherte Bettina dem verehrten Dichter anschließend ihre unveränderte Zuneigung. «Ob ich liebe? ... Sieh! um Deiner Schönheit willen haben mich die Verzweiflungen der Liebe ergriffen, und sie haben meinen Geist entzückt, *und ich habe nie etwas anderes empfunden...*» Auch diesmal hinderte Goethes Schweigen sie nicht daran, sich zum Wiederkommen die nötigen Vorwände zu schaffen.

«Schleudere die Welt in den Abgrund!»

Philipp, der Götterjüngling. 1822

...daß die Sterne, die uns beiden zugleich leuchten, nie an unserem Horizont untergehen mögen.
(Bettina an Philipp Hössli, 1822)

«Lieber Arnim, Du bist falsch! Die Zeit, wo Du mir versprochen herzukommen, ist schon längst herum, Du kannst mir nicht weismachen, daß Du nicht schon längst hättest kommen können, im Schreiben bist Du auch sehr faul...»

Arnim reagiert mit Krankheit und Fieber. Ein unerklärliches, nervtötendes Ohrensausen hat ihn im Frühjahr 1822 befallen, ihm ist, als ob er «alle Totenglocken der ganzen Welt» läuten höre; vermutlich ein Hörsturz infolge der seelisch nicht mehr zu bewältigenden Krisen. Schuldgefühle belasteten ihn. Seine notorische Sparsamkeit zermürbte sie beide. «Die Preise sind zu ungünstig, um bei 6 Kindern in doppelter Wirtschaft auf dem Lande und in Berlin zu leben.» Dabei war er es, der in Berlin angeblich den «faden Menschengeist» nicht vertrug. Sicher gab es einen anderen Grund. War er tatsächlich «falsch»? Es gibt Gedichte, aus denen hervorgeht, Arnim sei verliebt, aber nicht glücklich gewesen. Ein (zu Lebzeiten nicht veröffentlichtes) Gedicht jener Zeit wendet sich an ein sehr junges Mädchen: *Nein, du sollst es nimmermehr bemerken, / Wie die Blicke sich zu dir verstärken / Wir sind alt und du bist noch zu neu...* Unter dem Titel *An eine schöne Frau* richten sich die Verse: *Du zürnst, weil ich dir um den Hals gefallen...*

Über seine Liebeleien oder Freundschaften auf dem Land erfuhr Bettina wenig, es sei denn, die Ereignisse spielten sich vor ihren Augen ab, wie die Verliebtheit der jungen Emilie Schiller, einer Tochter des Dichters, die immer wieder auf ein Rendezvous hoffte. Wie sehr Arnim für schöne Frauen schwärmte, wußte sie nicht nur durch seine Gedichte. In der Erzählung *Martin Martir* befaßte er sich ausgiebig mit einem lieblichen Mädchen, deren «sanft bräunliches» Gesicht mit den dunklen Augen, deren «schlanke Hüften und kleinen Füße» selbst den eingefleischten Hagestolz zu verführen verstehen. Doch weibliche Nähe erwärmt ihn auch bei Bällen und Erntedankfesten, und vor allem auf Reisen. Kaum hatte er in Aachen eine «schöne englische Miss» im eleganten Reitkleid getroffen, die sein Herz springen machte, erschien ihm die bisher trübe Welt verändert: «Der Tag war wunderhell, die Sonne glänzte über die glatten Blätter... Es gibt Tage, von denen man wohl sagen kann, daß sie gut sind.»

Hatte er das jemals von Tagen mit Bettina gesagt? Sie wartete vergeblich auf ein herzliches Zeichen und schrieb ihm – nachdem er auch noch ihren Geburtstag vergaß, den 4. April 1822 – einen aus Enttäuschung und Verlassenheit tief unglücklichen Brief. «Ich mache keine Ansprüche an Deine Zärtlichkeit, denn ich war nicht das Ideal, dem Du Dich aus Leidenschaft ergeben hast. Aber mich wunderts, daß Dir Dein kleinstes Kind nicht lieb genug ist...» Das Resultat ihres Wiedersehens war, daß die ehelichen Auseinandersetzungen an Schärfe noch zunahmen. Arnim ließ ein gerüttelt Maß an Vorwürfen über ihr niedergehen. Von Fieberanfällen, Rheuma, Kopfschmerzen und dem betäubenden Ohrensausen so gequält, daß er wahnsinnig zu werden glaubt, empörte ihn, was ihr Freude macht. Die Ölmalerei anzufangen sei Unsinn, auch habe er die Marcelloschen Psalmen schon immer als «störend» empfunden. Verletzende Hiebe. Von Marcellos Psalmen schwärmte Bettina seit ihrer Münchner Zeit, und er wußte, daß sie die Partitur als Geschenk für

Goethe abschreiben ließ. Goethe, berichtete Arnim im April 1822 nebenbei, habe übrigens einen neuen Band *Dichtung und Wahrheit* veröffentlicht, «was ich gelesen, gefiel mir nicht sehr». Daß er den Auftrag bekam, Goethes Buch für das «Literatur-Blatt» zu besprechen – zusammen mit den Memoiren von Casanova –, ließ er unerwähnt. Seine Briefe sind kurz, knapp, kühl – von Liebe keine Spur.

«Ist Dir bange vor meiner Liebe?» Die Frage galt einem jungen Mann, den Bettina bei Savignys kennengelernt hatte. Nach Aussehen, Statur und körperlicher Gewandtheit Clemens ähnlich, war ihr der Student zuerst durch seinen prägnanten «Römerkopf» mit den dunklen Locken aufgefallen. Immer spielte die physische Erscheinung eines Mannes für sie eine große Rolle. Während der zweiundzwanzigjährige Philipp Hössli, ein Schweizer aus Graubünden, sich mehr für die Tochter seines Lehrers Savigny als für deren Tante interessierte, begann Bettina gezielt mit seiner Eroberung. «*31. März 1822*. Mit Savignys Schwägerin ans Klavier – Ihr schönes Accompagnement... – *2. Juni*. Zu Frau von Arnim. Sehr freundlich und heiter... Ihre Späße. Ist so artig und liebreich, daß sie mir hie und da etwas entlockt, was ich sonst allein behielt. Weiber! – *4. Juni*. Zu Madame von Arnim. Ihre freimüthige Art, sich zu bewegen und zu äußern...»

Immer öfter durfte der Student sie nach Hause begleiten. Er war fünfzehn Jahre jünger als sie, doch der Altersunterschied schien keine große Rolle zu spielen; auch Rahel Varnhagen und Dorothea Schlegel waren erheblich älter als ihre Männer. Bettina entdeckt Philipps wohltönende Baßstimme, seine Musikalität und jugendliche Aufnahmefähigkeit. Gemeinsam sangen sie Kanzonen, Duette und Schweizer Volkslieder, übten auch Bettinas eigene Liedkompositionen nach Texten von Arnim und Goethe, und der Gesang gab ihrer Verliebtheit Nahrung. In der Wohnung Unter den Linden 76 wird in der kleinen «Malstube», die zugleich Bettinas Schlafkammer ist, das Figurenzeichnen geübt. Hösslis schöner Kopf muß herhalten, und er sitzt ihr geduldig, bis Bettina «ein klein Seelenfieberchen» verspürt – warum, sagt sie Arnim nicht.

Sie liebt das aufmerksame, von dichtem Haar umrahmte Gesicht ihres Schützlings und bringt ihn, stolz auf seine Schönheit, in die Ateliers von Wichmann, Wach und Gottfried Schadow, der ihn einer *Anbetung* als «Hirtenknabe» einfügt. Er erfuhr von ihrer Freundschaft zu Caroline von Günderode, zu Beethoven, zu Schinkel. Damit nicht genug, erfand sie, um ihm zu imponieren, zusätzlich bedeutsame Begegnungen mit dem preußischen König und dem Freiheitskämpfer Andreas Hofer und berichtete natürlich von Goethe. Immer habe sie «hohe Männer» geliebt, sagte Bettina, meist ältere Männer, die aber über sie hinwegsahen...

Philipp Hössli sah nicht über sie hinweg. Was er fand, war eine Frau von unbegrenzter Liebesfähigkeit und geistiger Souveränität. Seine Tagebücher, erst kürzlich im Graubündener Staatsarchiv in Chur wiederentdeckt, bezeugen Seite für Seite die Entstehung einer Verbindung, die zumindest von Bettinas Seite Liebe war. Ihre brachliegenden Gefühle, ihr unerfülltes Verlangen projizierte sie auf ihn, der ihr als männlicher Gegenpart zur Steigerung ihres Lebensgefühls unentbehrlich wurde. Zwar bemühte sie sich mit erstaunlich inszenierter Selbstbeherrschung und betont pädagogischen Maßnahmen, dem Verhältnis die Fassade unangreifbarer Anständigkeit zu verleihen, doch weder das erzieherische Ethos noch das Bemühen um sublime Vergeistigung können darüber hinwegtäuschen, daß sie das erotische Fluidum der Beziehung genoß. «*28. Juni 1822*. Zu Frau von Arnim. Über das Schönste, die Liebe: diese ist nicht, wie man zu sagen pflegt, blind; sie allein ist sehend, und wenn sie erlöscht, wird der Mensch wieder blind. – *21. September*. Sie will eine Locke aus meinen Haaren... Habe schon lange einen Menschen vermißt, an dem sie ein herzliches Interesse gewinnen konnte, und hoffe nun, sich wieder zu verjüngen … – *24. September:* Sie meint, durch das Heiraten und Kindergebären abgestorben zu sein, und hofft wieder aufzuleben.»

Aus dem schlichten Schweizer Studenten formte Bettina sich den «Götterjüngling», beschwor seine «feurige Seele im schlanken Leib», zeichnete mit Worten, denen innere Bewegung anzumerken ist, sein Bild. «Du mit dem stillen Antlitz, mit den Haaren, die so tief in die kindliche Stirn hereingehen, mit den feierlichen, großblickenden Augen …» Sie schürte das Feuer der Emotionen. «Ich sei ihr eine Erregung der Natur geworden, und ohne diese wär für sie alles tot.» Belebung, Entgrenzung, Animierung durch Liebe. Die Seelentänzerin aus Leidenschaft, die Seiltänzerin auf dem schmalen Grad zwischen Rausch und Ernüchterung schuf sich ihre eigene Welt, und nicht zuletzt war es ein schöpferischer Aufschwung, den sie sich von dieser Romanze erhoffte.

Hösslis Aufzeichnungen geben nicht nur die Berliner Ereignisse lebendig wieder, sondern sprechen auch von einer Bettina, wie keiner sie kannte. Die Frau, die ihr Leben mit Leichtigkeit und Energie zu regieren schien, trug sich in den «Kerkerwänden» der Ehe mit Todesgedanken. Schon nach dem ersten Kind habe sie sterben wollen. *«27. Juni:* Über ihre Lage: wie keiner etwas um des andern Willen thun mag … Will sich nach dem Tode sehnen …» Niemandem könne sie sich anvertrauen. Auch das wird ausgesprochen: «Über das Verhältnis zu ihrem Manne.» Bettina warnte vor der Ehe, sie sei «für das Weib das Einzige, für den Mann bloß eine Epoche».

Bloß eine Epoche? Das Wort Untreue fällt nicht. Sie gestand aber Hössli ihre Beziehung «zu einem hiesigen Freund, den sie geliebt». Sie habe ihn verlassen, da er «gemein» geworden, was vermutlich heißen sollte, daß er sie zur Geliebten begehrte, worauf schon ihre undeutlichen Zeilen an Arnim hinwiesen. Unter Tränen zeigte sie Philipp ihren Ab-

Auf dem Tiefpunkt ihrer Ehe wandte sich Bettina einem jüngeren Mann zu, der sie durch sein Aussehen – schwarzes Haar und dunkle Augen – wie durch Musikalität, Geist und Gewandtheit an ihren Bruder Clemens erinnerte. Der Schweizer Philipp Hössli (hier in späterer Zeit) führte Tagebuch über ihre Begegnungen, korrespondierte mit Bettina und nannte die Tage in Wiepersdorf die herrlichsten seines Lebens.

schiedsbrief an jenen Unbekannten. An diesem Tag, dem 1. Juli 1822, sprang der Funke über, stiegen Hössli und sie Hand in Hand die Treppe zu ihrer Wohnung hinauf. «Zu Bettina... Wunderbare Stunden!» Beim Weggehen drückte sie ihm «einen warmen Kuß auf die Stirn und einen in die Hand, als geistige Mutter».

Einerseits wußte Hössli recht gut, was hier gespielt wurde, und ging bereitwillig darauf ein. Andererseits sind seine Tagebücher ein Muster der Verschleierung. Mit der gleichen Taktik wie Bettina später in ihrem Goethebuch, worin sie sich kurzerhand in ein *Kind* verwandelt, das moralisch Anstößiges in aller Unschuld aussprechen darf, stilisierte sich Hössli zu einem ahnungslosen *Candide*, um seinem Tagebuch den Liebesdiskurs mit der erfahrenen Frau in gespielter Naivität anvertrauen zu können. Wer immer seine Notizen las (zum Beispiel seine Ehefrau Agathe, die sie fand), würde darin nur die reinsten Absichten erkennen.

Mit welchen Augen sah Arnim die amourösen Eskapaden seiner Frau? Was ahnte, was wußte er? Von ihrem Schweizer Freund hatte ihm Bettina berichtet, und zwar mit dem Ziel, Hössli nach Wiepersdorf einzuladen. Am 20. Juli 1822 lernte er Bettinas Ehemann persönlich kennen. «Endlich kommt ihr Gemahl, der Herr von Arnim, ein großer, würdiger Mann, der von mir schon weiß...» Sein Respekt vor dem Dichter, dessen *Kronenwächter* er pflichtschuldig las, ist aufrichtig, während Arnim, der den Gast bis zur Wilhelmstraße begleitete, wenig von ihm hielt. Dieser Student, der Bettina begeisterte, bedeutete ihm nichts.

Die Atmosphäre wurde gespannt, als Hössli im September wirklich für vierzehn Tage in Wiepersdorf eintraf. Arnim, fast immer von Kopfschmerzen geplagt, war unausgeglichen, sein Verhalten schwankte von anfänglicher «schlechter Laune» bis zur «herzlichen Umarmung» beim Abschied. Meist verließ er das Haus und drückte auch sonst beide Augen zu, andernfalls hätte ihm nicht entgehen können, wie viele «trauliche» Stunden seine Frau mit ihrem Gast zubrachte. Am Ankunftstag schon holte sie mit bedeutungsvollen Blicken Dantes *Göttliche Komödie* herbei, um noch «bei Sonnenuntergang» darin zu lesen. Sie schlug die Szene aus dem *Inferno* auf, die den Ehebruch der Liebenden Paolo und Francesca da Rimini und die mörderische Rache des betrogenen Gatten schildert. Es war die berühmteste Ehebruchsgeschichte der Weltliteratur, der sich die beiden an jenem Abend widmeten.

Nach einer Wagenfahrt in das nahe Kreisstädtchen Dahme muß Philipp die Heimfahrt mit Arnim allein antreten, was beiden nicht gut bekommt. «Mit Arnim erst spät nach Hause, etwas müde und verlegen. Arnim scheint hie und da böse zu sein. Schnell zu Bett.» Doch Bettina konnte den Tag nicht ohne Gruß verstreichen lassen, brachte nachts noch Goethes Gedichte in das kleine Zimmer, in dem Philipp schlief. Eine verworrene und pikante Situation, gemeistert durch eine gute Portion Verstellung seitens aller Beteiligten. Hösslis Notizen werfen ein Licht auf Bettinas «zweites Leben», das sie sich schuf, um die Banalität des Alltags und die Trivialität der Ehe besser zu ertragen.

«*21. September.* Mit Arnim auf die Wiese und die Gräben angesehen, Blumen gepflückt, sehr freundlicher Mann. Mit ihm zurück. Der Bettina die Blumen gegeben... und gute Nacht, Hand in Hand, in denen die ersten Küsse glühen... Morgens in den seligsten Gefühlen schwimmend aufgestanden.» In Worten, Blicken und Berührungen am Rande des Erlaubten, in erotischer Verspieltheit wird sexuelles Begehren deutlich.

«*22. September.* Nach dem Abendbrot noch einander erzählt. Ihr Haupt an meine Brust gesenkt.» Man schläft nicht zusammen, ist sich aber, von Bettina taktvoll bemäntelt, körperlich ständig nahe, mit Küssen auf Haare und Stirn, Augen und Brust. Dabei gab sie Philipp zu verstehen, nicht «so gut und rein» zu sein, wie er glaube.

Die Tage vergingen wie im Rausch. Als Savignys mit ihrer schönen Tochter nach Wiepersdorf kamen, verstärkte ihre Anwesenheit noch den Charakter heimlicher Intimität. Man sammelte Eicheln und Kastanien, scherzte beim Erbsen- und Bohnenpflücken, zeichnete und unternahm «bei herrlichem Mondschein» Ausflüge nach Bärwalde. Als Philipp sich beim Schnitzen verletzte, küßte sie seine Finger, als er Leibschmerzen hatte, bedeckte sie ihn mit ihrem Mantel. Arnim, der seinen Unwillen selten zeigte («ist also nicht bös gewesen, sondern hatte seine Laune», notiert Hössli erleichtert), nahm es anscheinend auch gelassen hin, daß Bettina den abreisenden Freund mit Savigny bis Dresden begleiten wird, während die «trostlose» Gunda die Kinder betreut.

Vor dem Abschied besprachen sie im Wald ihren zukünftigen Briefwechsel, an dem Bettina außerordentlich gelegen war. «Ein paar Worte sind mir genug Antrieb… etwas Anregung muß ich haben», sie wünsche sich «keine tauben Nüsse». Ihm fiel somit die Aufgabe zu, sie zu ihren «rhapsodischen» Briefen zu stimulieren, den Vorübungen zu späteren Büchern. Er müsse, befahl sie, ihre Briefe sorgsam hüten, dachte also schon damals an eine mögliche Veröffentlichung (gab aber dann nicht die Briefe von Philipp Hössli, sondern die von Philipp Nathusius heraus). Die Trennung fiel beiden schwer; «ihre Abschiedsworte noch einmal gelesen und herzlich geküßt». Bevor er zum Studium nach Göttingen fuhr, schrieb er seinen Traum nieder, «worin Arnim und ich, von der Liebe Bettinas sprechend, am Ende einander weinend in die Arme fallen». Hössli war nicht frei von Schuldgefühlen – im Traum holte ihn der Wunsch nach einer Versöhnung mit dem Ehemann ein.

«Wer nicht sich selbst der Genius seines Lebens ist, der hat umsonst gelebt.» Diese Sentenz könnte als Motto über Bettinas Leben stehen: ihr Wille zur Selbstgestaltung und Selbsterhöhung. Dem sollte auch die Korrespondenz dienen, die sie sofort begann. Ihre Briefe sind Anweisungen zu einer

«Heldenerziehung», wie es in ihrem *Königsbuch* die «Fürstenerziehung» sein wird. «Jetzt, wo Du noch volle Jugendkraft hast, schleudere die Welt in den Abgrund, denn sie trägt Sklavenketten unter einem Prachtgewand und ist feindlich der Freiheit, der allein Du verpfändet bist...»

Konnte Philipp Hössli ihren Erwartungen genügen? Der Student bemühte sich krampfhaft, ihren pathetischen Stil aufzunehmen, doch den dithyrambischen Wortkaskaden war er nicht gewachsen. Ihm war auch klar, daß sie ihn überschätzte. «Es ist der Umgang mit Göttern, den ich suche...» Verewigung sei nur möglich, sagte Bettina, durch «geniale Berührung eines menschlichen Geistes» – die sie gerade jetzt erlebt habe in der Bekanntschaft eines Mannes, den man in Berlin «stolz» und «bizarr», «vital und verachtend» nenne und der drei Wochen lang fast täglich zu ihr kam, bis sie am letzten Oktoberabend seine Gegenwart «wie ein Gewitter» fürchtete. «Meine gefalteten Hände hatte ich zwischen den Knien festgedrückt, den Kopf nach der Wand gekehrt und die Augen geschlossen» – «die Blitze aber zuckten in mich hinein». Den Namen des Unbekannten, von dem nur Hössli erfuhr, nennt sie nicht.

Zum Glück erwies sich Philipp als stabil genug, um sich der Heroisierung und dem diktatorischen Anspruch seiner Gönnerin zu entziehen, deren Einfluß mit der Zeit schwächer wurde. Hatte er noch im März 1823 notiert: «Auch mit meiner Sehnsucht nach Berlin und nach der Bettina gequält», so wuchs allmählich die Anziehungskraft der schönen, achtzehnjährigen Tochter Savignys in einem Maße, daß er an Heirat dachte. Bettinas Belehrungen wurden ihm nachgerade lästig («Gegen das Heirathen gepredigt»); überdies äußerte sie vehemente Zweifel an seiner inneren Unabhängigkeit. «Sie examiniert und quält mich mit ihren eindringlichen Fragen.» Enttäuscht erkannte Bettina, daß er keinesfalls der geniale Mann war, den sie in ihm sah. Seine Zeit war abgelaufen, Hössli kehrte 1824 in die Schweiz zurück, um als Kanzleidirektor und Politiker in seiner Heimat tätig zu werden. Entgegen Bettinas Warnung vor der Ehe heiratete er die drei Jahre jüngere Agathe von Caprez; einem seiner zehn Kinder gab er den Namen *Bettina*. Die Tage in Wiepersdorf, sagt er in seinem letzten Brief, zählten zu den herrlichsten seines Lebens.

Ohne Philipp war Wiepersdorf wieder der eintönig-stille Ort, an dem sogar das Weihnachtsfest unharmonisch verlief. Arnim lehnte es ab, ihre geistigen Höhenflüge zu teilen, und kümmerte sich lieber um die Stallfütterung der Schweine als um Poesie. Sie solle, statt zu philosophieren, das Konversationslexikon lesen, und an Weihnachtsgeschenke sei nicht zu denken, denn er stecke in solchen Geldnöten, daß er Savigny um einen Kredit von 500 Talern bitten mußte. Er verbot ihr, ein Haus in Berlin zu mieten – die «Leerheit» dieser Wintertage war trostlos.

Unbefriedigt, in Arnims Welt nicht heimisch, fürchtete Bettina, den Verstand zu verlieren. «Ach, wie sind meine Ansprüche an das Leben gesunken», schrieb sie Neujahr 1823 an Savignys. «Ich habe die 12 Jahre meines Ehestands leiblich und geistigerweise auf der Marterbank zugebracht, und meine Ansprüche auf Rücksicht werden nicht befriedigt.» Die Kinder, auf dem Land durch schlechte Lehrer unterfordert, können ihre guten Anlagen nicht entwickeln, sie selber fühlt sich, als hätte man ihr alle Knochen zerschlagen. «Mir aber sind (ich schäme mich, es zu sagen) die Hände gebunden» – damit meinte sie ihre Finanznot und Unfreiheit. Sie sah sich angeschmiedet «in den Kerkerwänden der Ehe», ohne Aussicht auf Veränderung, und sie wußte nicht, wie es weitergehen sollte. *Mein Perspektiv ist das End aller Dinge. Bettine.*

«Das Licht der Unsterblichkeit»

Unterschiedliche Wege zur Kunst. 1823/1824

Ich weiß keinen andern Stoff zum Lustspiel als mich selbst.
(Arnim an Bettina, 1824)

Mit dem Freund hatte Bettina von Freiheit und Selbständigkeit sprechen können: wie gern sie ein Student wäre und nach Italien, dem Land ihrer Vorfahren, reiste, eine Hoffnung, die sich in ihrem Leben nicht erfüllen wird. Sogar Wilhelm von Humboldt, den sie im August 1823 in Tegel besuchte – wobei sie sofort mit ihm kokettierte –, fiel ihre Unzufriedenheit auf. «Es ist doch ein eigenes Geschöpf, mit dem ich gar nicht gern umgehe», schreibt er seiner Frau, sie sei ihrer «intellektuellen Unruhe» wegen zu bedauern. Eine klare Seelenanalyse. Bettinas Angst, das Leben zu verpassen, schwand nur, wenn sie künstlerisch tätig sein konnte. Mochte Arnim mit Feldarbeit und Viehwirtschaft zufrieden sein – ihr genügte der «Mottenfraß der Häuslichkeit» nicht, und sie entwarf die für damalige Verhältnisse emanzipatorische Idee, eine «Malerschule» zu eröffnen und Schüler aufzunehmen. Nach Hösslis Weggang arbeitete sie wie besessen am Zeichenbrett, allerdings ohne zu ahnen, daß ausgerechnet ein Kunstwerk von ihr zur Sensation werden würde.

In Goethes Geburtsstadt Frankfurt war ein Denkmal zu Ehren des großen Dichters beschlossen und der Berliner Bildhauer Rauch mit der Ausführung beauftragt worden. Sein Modell stieß bei Bettina auf Ablehnung: es zeige «einen alten Mann im Schlafrock». Daraufhin bat Moritz Bethmann, Finanzier des Projekts, sie selbst um einen Entwurf.

Zum erstenmal in ihrem Leben lag ein künstlerischer Auftrag vor ihr, der die Chance bot, ans Licht zu gelangen, das noch dazu das Licht Goethes war. «Bei Dir wäre sehr zu wünschen, was die Weltweisen als die wesentlichste Bedingung der Unsterblichkeit fordern», schrieb ihr Goethe einmal, «daß nämlich der ganze Mensch aus sich heraustreten müßte ans Licht.» Nichts anderes wollte sie als ebendies. *Unsterblichkeit*, das Zauberwort. Jetzt kam ihr die Unterstützung Schinkels, an dessen klassizistischem Stil sie sich unverkennbar orientierte, zustatten. Sie habe eine Statue Goethes «zur Welt gebracht», teilt sie Achim im November 1823 mit, «die sich gewaschen hat». Sie trat ans Licht.

Nach vierzehn unerträglichen Monaten auf dem Land und weniger denn je bereit, sich den Wünschen ihres Mannes unterzuordnen, war Bettina allein nach Berlin zurückgekehrt. Was kaum eine Frau, zumal eine Mutter von sechs Kindern, gewagt hätte, setzte sie in die Tat um, als sie sich entschloß, ihr Leben selbstverantwortlich in die Hand zu nehmen. «Eigenmacht» war schon das Losungswort, als die Sechzehnjährige an Clemens schrieb, so sei sie nun einmal geboren. Daß sie Tabus verletzte, als «Rollenbrecherin» die Regeln von Geschlecht, Stand und Reputation mißachtete, kümmerte sie wenig. Sie fuhr nach Berlin, nahm eine Wohnung an der Wilhelmstraße, dem Ort, an dem ihre junge Ehe begonnen hatte, und wartete auf Arnim («...ich werde also Himmel und Erde bewegen, Dich hier zu behalten»). Er aber reagierte weder auf ihren Goethe-Entwurf noch auf ihre Bitte, zu ihr zu kommen.

Vorausgegangen war eine erregte Debatte, die ihn «erschreckt und gekränkt» hatte: ihr Streit über die hohen Geldausgaben. Immer wieder hatte Arnim seine wenig sparsame Gattin ermahnt, den Kindern kein Weißbrot zum Frühstück zu geben, sie nicht mit Naschwerk zu verwöhnen, den teuren Zucker einzuschließen. Der Verbrauch an Kerzen sei enorm, und was das Holz betraf, so fand er «die Konsumption von Brennmaterial» unerklärlich. Es wäre besser, die Schlafstuben nicht zu heizen, schon um die Söhne auf «künftige Entbehrungen» vorzubereiten. Daß Bettina sich gelegentlich ein warmes Bad gönnte, blieb ein unglaublicher Luxus. Obgleich von ihrem eigenen Vermögen ein großer Teil in die Hauswirtschaft floß, kam sie nie mit dem Geld aus. Bettina antwortete, am liebsten wäre sie tot. «...diese ewige Not des Sparens auf dem Halse zu haben, drückt mich so, daß ich fühle, ich könnte mich mit Leichtigkeit vom Leben losmachen.» Sie tätigte einen großen Apfeleinkauf wegen «Hämorrhoidalbeschwerden», verteidigte sie sich, und trage aus Sparsamkeit, im Unterschied zur modischen Gunda, die ihre Garderobe aus Paris bezog, nur schwarze Kleider mit weißem Kragen. Er möge recht haben, sie sei als Hausfrau nicht glänzend, doch gerade darum fordere sie ein festes Monatsgeld. Arnim blieb stur. Niemals erhielt sie Einblick in seine Vermögenslage, und das Haushaltsgeld schickte er weiterhin zu spät.

Als er ihr dann wieder mit Vorhaltungen zur Kindererziehung kam, schickte ihm Bettina eine Erklärung von nicht weniger als acht (gedruckten) Seiten, um ihre pädagogischen Prinzipien zu verteidigen. Im Grunde ist es die Rechtfertigung einer «antiautoritären» Erziehung, für die sie, an Verständnis für die kindliche Psyche ihrer Zeit weit voraus, eintrat. Sie sei außerstande, die Kinder zu schlagen. Wenn man Härte erwarte, «so hat man sich in mir verrechnet». Daß sie dem zehnjährigen Siegmund eine Ohrfeige geben mußte, habe sie fast krank gemacht, der Junge sei gut, nur die Erwachsenen seien dumm. Im übrigen sei es unzumutbar, «vier Knaben von dieser Heftigkeit in Ordnung zu erhalten», Arnim solle lieber den Kindern helfen als dem Vieh. Rückhaltlos schleuderte sie ihm ihren aufgestauten Ärger entgegen. Der Physiker Ritter, früher sein Vorbild, habe die *Kronenwächter* mit Walter Scotts Werken verglichen – warum schreibe Arnim, der doch über die «königliche Gabe» des Dichtens verfüge, nicht endlich den zweiten Band? Um ihn aus seiner Lethargie aufzurütteln, griff sie zu verletzenden Worten, zu einer Waffe, die sie wohl für unfehlbar hielt. Er habe den frühen *Tod* seiner Mutter verschuldet, nun müsse er ihr *Opfer* rechtfertigen. Damit bohrte sie in seiner Lebenswunde, rührte an die Grundfesten seiner Existenz.

Arnim, der eher Trost und Toleranz als Drohung und Erpressung erwartet hätte, litt tief in seiner Seele. Schon längst hatte ihn das Unverständnis der Kritiker, die einen Dichter eher metzelten, als ihn zu ermutigen, in die Resignation getrieben. Zog er sich nicht auch deshalb ins Schneckenhaus zurück, weil er seine dichterischen Grenzen erkannt hatte? Bedeutete die Rückkehr zur Natur, die er liebte und brauchte, nicht auch eine Rettung vor möglichem künstlerischem Versagen? Er sah den Poeten in der kläglichen Rolle des Sisyphos, der, wie es in seiner Erzählung *Holländische Liebhabereien* heißt, «immer denselben Stein wieder emporwälzen» mußte, den «ein Andrer sich oben als Denkmal errichtet hatte». Er, Arnim, war es, der den Stein vergeblich wälzte, während seine Frau *einem Andren* oben ein Denkmal errichtete! Dazu ihre provokante Art, ihn durch den Vergleich mit Goethe aufzustacheln («Wenn Goethe das edle Maß hat, so hast Du die überraschende Fülle...»).

Bettinas Lob, früher eine Beglückung, wurde nun zur Bedrückung. Nichts drängte Arnim zu ihr hin. Im Gegenteil, «im einsamen Hause unter Büchern» habe er förmlich «ein Studentengefühl», schrieb ihr der Vater von sechs Kindern am 19. Dezember 1823, während sie, fast krank vor Kummer, ein trauriges Weihnachten verbrachte. Zwei talentierte, von Idealen beseelte Ehepartner, unangepaßte Künstlernaturen, begabt, beliebt und im Grunde einander zugetan, verbrachten von nun an den größten Teil ihres Lebens getrennt.

Ihren Denkmalentwurf sandte Bettina in der einsamen Silvesternacht 1823 an Goethe. Die Zeichnung (ihrem Goethebuch später als Frontispiz beigefügt) stellt den Dichter wie einen olympischen Gott auf stattlichem Thron mit nacktem Oberkörper sitzend dar, zwischen seinen Knien die zierliche, unbekleidete Psyche, am Thron selbst «Mignon im Augenblick, wo sie entsagt». Es war offensichtlich, daß sie in der liebenden, hingebenden, knabenhaften Mignon sich selber sah. Ihre Idee, fügte Bettina hinzu, habe sogar dem Konkurrenten Rauch gefallen, der danach modellieren wolle. Dazu kam es nicht; erst Jahre später wurde ihr Denkmal, von Steinhäuser in Marmor gehauen, in Weimar aufgestellt. Goethe war geschmeichelt. «Die Skizze der Frau von Arnim ist das wunderlichste Ding von der Welt; man kann ihr eine Art von Beyfall nicht versagen, ein gewisses Lächeln nicht unterlassen...»

Im neuen Jahr 1824 ist von vielen Erkrankungen die Rede, von Krampfhusten und Mangel an Nachtruhe, einem bösen Brust- und Magenkrampf. «Taub bin ich auch wieder, aber das achte ich nicht bei den Schmerzen in Brust und Magen...» Die erschöpfte, kinderreiche Mutter hatte eine Kur dringend nötig. Ihre Verlassenheit mache sie unglücklich, schrie sie Arnim entgegen, der behauptete, sie gehe zu oft aus. Daß die häufigen Erkrankungen, die sie mit Alkoholika, auch mit Opium betäubte, psychosomatischer Natur waren, ist unübersehbar. In tiefer Niedergeschlagenheit sprach sie vom Sterben, wünschte Arnim herbei («ich bin ein geplagter Mensch, am meisten weil Du nicht hier bist»), bettelte und flehte, aber er blieb ihren «Launen und Aufwallungen», dem Lärm und «Gesindeelend», das sie verbreite, lieber fern.

So fuhr Bettina im Sommer 1824 allein zur Kur nach Schlangenbad – allerdings reiste sie nicht ohne die «Gipslast Goethes» (wie Arnim sich doppeldeutig ausdrückte). Mit dem schweren, einen halben Meter hohen Denkmal im Arm, bei dem die Leier auf der Reise zerbrochen war, erschien sie bei dem Geheimrat, der sie – «wunderbar in seiner Erscheinung wie im Betragen» – wohlwollend empfing. Davon wollte Arnim absolut nichts hören. Seine Briefe fielen mürrisch aus; möglicherweise war es ihm unangenehm, daß seine Frau ihr Kunstwerk herumzeigte und sich von aller Welt, von Niebuhr, Willemers und Görres, von Bethmann und den Grimms bewundern ließ.

Bettinas Modell wurde öffentlich im Städel ausgestellt und von gewichtigen Leuten wie dem Frankfurter Bürgermeister Georg von Guaita, ihrem Schwager, begutachtet. In der Zeitschrift «Iris» erschien eine Lobeshymne. Dies sei ein Werk, «wie es nur die Liebe schaffen konnte», jubelte der Rezensent, «doppelt interessant und ehrenvoll für unsere Vaterstadt durch die Hände, welche es bildeten». Zum erstenmal erfuhren Bettinas Hände Beachtung, hatte ihr künstlerisches Bemühen Erfolg. Wie hatte sie sich diese Anerkennung für Arnim gewünscht! Vergeblich hatte sie ihn bis zuletzt angespornt, seine «herrlichen Fähigkeiten» zu nutzen, den «ungeheuren Schatz» seiner Begabung zu heben und Schauspiele zu schreiben; doch während ihr die große Welt huldigte und jedermann ihr gratulierte, verkroch er sich im Pferdestall und bei der Schafschur. «Ich muß lachen, daß ich im vollsten Maße genieße, was ich nicht verdiene», schrieb sie ihm glücklich frohlockend, «nämlich den Ruhm, ein Künstlergenie zu sein.»

Aber sie hatte Arnim doch angeregt. Unter dem Titel *Raphael und seine Nachbarinnen* schrieb er damals eine aufschlußreiche Erzählung. Raffael war der beliebteste Künstler der Romantik, fast eine Kultfigur, zu dessen *Sixtinischer Madonna* in Dresden auch Arnim gepilgert war. Wer aber sind nun «Raphaels Nachbarinnen»? Sie entpuppen sich als zwei junge, ihm unentbehrliche Frauen: die Bildhauerin Benedetta als Muse, die Süßwarenbäckerin Ghita als die Geliebte, die seine sexuellen Bedürfnisse bereitwillig befriedigt. Der

Vor dem Goethe-Monument ließ sich Bettina – zu diesem Zeitpunkt bereits die berühmte Verfasserin von *Goethes Briefwechsel mit einem Kinde* – am 29. November 1838 von Ludwig Grimm porträtieren. Ihr Denkmal zeigt den Dichter als olympischen Gott, mit nacktem Oberkörper auf hohem, reichverziertem Thron sitzend, in der Rechten den Lorbeerkranz, vor ihm die zierliche, mädchenhafte Psyche, die seine Leier erklingen läßt.

Autor, der die Dualität von «himmlischer und irdischer Liebe» behandeln möchte, widmet sich bei dieser Gelegenheit explizit dem Verhältnis des Künstlers zu Frauen. «Der Umgang mit Weibern war ihm ein Bedürfnis», heißt es. «Wie er aber in verschiedener Manier malen konnte, so hätte er auch in verschiedener Art lieben können.» Benedetta ist für die Inspiration des Künstlers unverzichtbar, aber die lebensfrohe, lustvolle Ghita bereitet ihm eine Heimstatt auf Erden.

Die Erzählung über die Schaffensnöte eines Künstlers beruht auch auf den Erfahrungen des Autors, der in Raphaels Sorge vor dem «Erlöschen des himmlischen Feuers unter irdischem Drucke» eigene Ängste verrät. Der absurde Einfall, dem Maler einen Affen beizugeben, der geistlos Bilder produziert und kopiert, spiegelt die Furcht vor künstlerischer Einfallslosigkeit und Trivialität. Schließlich stellen die beiden «Nachbarinnen» zwei Aspekte begehrter Weiblichkeit vor. Während die «Muse» im Hintergrund bleibt, leuchtet die sinnenfrohe Lebensgefährtin um so strahlender, werden auf sie alle Wünsche des Künstlers übertragen. «Ihr Dasein ist Genuß», heißt es. «Sie mischt sich nicht in meine Kunst» – «Sie will mich nicht lenken» – «Sie weiß nichts von leerer Sehnsucht und Unzufriedenheit...». Die Charakterisierung einer Frau, «wie sie sein soll», wirkt wie ein Hinweis auf die Wünsche des Künstler-Autors, der in der Poesie erschafft, was er in der Realität sucht.

Heinrich Heine, der zur gleichen Zeit und im gleichen Semester wie Philipp Hössli sein Studium an der Berliner Universität begann und sich mit Rahel Varnhagen befreundete, stellte befremdet fest, daß Arnim, obwohl er über eine unübertreffliche Darstellungsgabe verfüge, kaum Beachtung fand. War diesem Dichter überhaupt an Ruhm gelegen? Ob und in welchem Rahmen seine Erzählungen gedruckt wurden, schien ihm gleichgültig. Wilhelm Grimm, der die Raphael-Erzählung bewunderte, bedauerte um so mehr, daß

Arnim seine Dichtungen in unbedeutenden Almanachen veröffentlichte. Juvenis (1818), die Geschichte eines Jünglings, der sich zwischen Wissenschaft und Dichtung nicht entscheiden kann – mithin Arnims eigene Problematik –, erschien abgelegen im «Gesellschafter oder Blätter für Geist und Herz». Seine phantastische Meistererzählung *Die Majoratsherren* (1819) wurde im «Taschenbuch zum geselligen Vergnügen» publiziert und ungünstig rezensiert; *Owen Tudor* (1821) und *Die Kirchenordnung* (1822) erschienen ebenfalls dort, und seine bedeutende Erzählung *Der tolle Invalide auf dem Fort Ratonneau* sollte unbeachtet in die «Gaben der Milde. Für die Bücher-Verlosung zum Vortheil hülfloser Krieger» aufgenommen werden.

Bettina äußerte sich nicht dazu. Sie erlebte in Berlin den Trubel mit, der um jedes neue Bühnenstück veranstaltet wurde. Das Theater zog die Menge an, Arnim solle ein Lustspiel schreiben. Im Schauspielhaus traf sie seinen Bruder Pitt, den designierten Intendanten – sollte man die Beziehung nicht nützen? In Wiepersdorf mit Arbeit überhäuft, schüttelte Arnim gereizt den Kopf. «Ich befinde mich in diesen Tagen ganz besonders im Gedränge, so daß ich ordentlich auflachte, als ich von Lustspielschreiben las.» Bitter, fast höhnisch fügte er hinzu: «Ich weiß keinen andern Stoff zum Lustspiel als mich selbst.»

«Er soll nicht der passende Mann für Bettina sein»

Das geistige Berlin. 1825/1826

Sie sprach von ihrem Verhältnis zu Arnim…
aber er ist ein kalter Freund. Warum werden doch
alle Ehemänner so gegen ihre Frauen?
(Malla Silfverstolpe, 1826)

Die reiche und unabhängige Schwedin Malla Silfverstolpe, die im Sommer 1825 Berlin besuchte und mehr als ein Jahr blieb, hinterließ ihre Tagebücher als einen kostbaren Fund und unersetzliche Quelle für das geistige Leben im Berlin der Romantik. Die dreiundvierzigjährige Schriftstellerin, in Uppsala Mitglied des «Gotenbundes», war in die preußische Hauptstadt gekommen, um ihren Schützling, den jungen Liedkomponisten Adolf Lindblad, mit Mendelssohn und Zelter bekannt zu machen. Als langjährige Freundin der mit einem Schweden verheirateten Dichterin Amalie von Helvig wurde sie bei ihr bald mit der literarischen Welt Berlins vertraut. Ihr Tagebuch gibt nicht nur eine lebendige Schilderung der kulturellen Ereignisse, sondern überrascht durch die Tatsache, daß die aufgeschlossene Aristokratin unter allen, die sie kennenlernte – Chamisso und Fouqué, Savigny und Schinkel, Rahel Varnhagen und Henriette Herz – am nachhaltigsten beeindruckt war von einer einzigen Person: Bettina.

«Die Baronin von Arnim, Bettina Brentano, kam zu Amalie. Sie sieht wunderlich aus! Kohlschwarzes Haar in großen hängenden Locken um das kleine, magere, bleiche Antlitz, braune, scharfe Augen, dazu eine kleine feine, zierliche Gestalt…» Ihr fällt das «Zwitterhafte» auf: trotz der sechs Kinder wirke sie wie ein Student. «Frau von Arnim ist sehr witzig, lebhaft und unterhaltend – nur sehr unruhig... Man schwatzt, schreit und lacht ohne Unterlaß», und zwar bei einem Picknick in Savignys Garten, wo Bettina die fremden Besucher bewirtete, wie sie Arnim berichtet – wobei sie Schinkels Anwesenheit unerwähnt ließ.

Die Ereignisse, die die gebildete Welt in Atem hielten, machen klar, warum Bettina in ihrem Leben Berlin nicht mehr verließ. Sie zog die Welt des Geistes und der Kunst der simplen Lebensart ihres Mannes vor; Zufriedenheit, Glück, Ausgeglichenheit fand sie in beiden Welten nicht. Man sah im Schauspielhaus Kleists *Käthchen von Heilbronn* und Schillers *Don Carlos*, hörte in Zelters Singakademie Bachs «hervorragende Chormusik», in der Oper Webers *Euryanthe* nach einem Libretto von Arnims Freundin Helmina von Chézy. Man erlebte den berühmten Devrient als Shakespeares *Lear* und ging zu den Mendelssohns, deren Tochter Fanny, «ein vortreffliches, angenehmes und gebildetes Frauenzimmer», komponieren konnte wie ihr Bruder Felix, der eine Symphonie dirigierte. Es sang die gefeierte Henriette Sontag; «die Kunst blüht und gedeiht in Berlin und macht diese Stadt heute zu einer der interessantesten in ganz Deutschland», notierte die Besucherin im November 1825.

Kein Tag, an dem nicht das Neueste aus der in- und ausländischen Literatur und Kunst vorgelesen und erörtert wird. Die Schwedin lernt in der unglücklich geschiedenen Henriette von Bardeleben eine unentbehrliche Freundin von Amalie kennen, bei der auch Bettina sich häufig einfand. Gemeinsam mit Rahel besuchten sie die Ateliers von Rauch und Schadow und sahen Schinkels Gemälde «Griechenlands Blütezeit», das Bettina sowohl Goethe als auch Arnim kenntnisreich beschrieben hat. Bei Amalie von Helvig, die an einer Übersetzung der Frithjofsage arbeitet, sind beide Varnhagens zu Gast: «Gebildete Menschen, von denen der Mann mir besser gefiel als die Frau», ein Urteil, das später revidiert wird: «Rahel ist sehr verständig, fein und gebildet und gewinnt jedesmal, wenn man sie sieht.» Die elegantesten Abendeinladungen gab Gunda von Savigny; allerdings wirkte sie bei aller Vornehmheit hausbacken im Vergleich zu Bettina, zu der die Schwedin ein zwiespältig emotionales Verhältnis entwickelte. «Ein wunderliches Wesen! sie schmeichelt mir beständig, sagt, daß ich schöne Augen habe, ein edles Aussehen, daß ich Vertrauen einflöße usw., sie erschreckt mich beinahe!» Man traf sich bei Henriette Herz, «das Gespräch war lebhaft und wurde es noch mehr, als die kleine Zauberin Bettina kam...».

Die kleine Zauberin Bettina – Malla Silfverstolpe wußte nicht, wie ihr geschah. Bettina zog sie ins Vertrauen, sprach von ihrer Liebe zu Philipp Hössli – bei ihr, die sonst keine Freundinnen hatte, eine Seltenheit. An diesem Abend notiert Malla: «Mir, glaube ich, könnte sie recht gefährlich werden, denn sie ist wie ein Schwefelhölzchen...» Zündend und ideenreich ist Bettina, doch zugleich von einer fast hysterischen Unruhe. Sie habe «als Gattin und Mutter» Aufgaben genug, warum suche sie ständig andernorts nach Befriedigung? Die seelenkundige Beobachterin bemerkte, was Arnim längst störte: daß Bettinas tatendurstiges Wesen sich in der Suche nach Bestätigung verausgabte. Mit ihrem eigenwilligen Charakter, dem Getrieben- und Gereiztsein verkörperte sie das Dilemma der begabten Frau, zwischen Hauswirtschaft, Kindern und ehelichen Verpflichtungen einerseits, Schaffenslust und Schöpfertum andererseits aufgerieben zu werden.

Im November 1825 war die Schwedin erstmals mit Helvigs und dem Diplomaten Klingemann, der Arnims Dichtung schätzte, bei Bettina eingeladen. In ihrer eigenen Welt entfaltete die Gastgeberin ihre Talente, erzählte und sang, benahm sich aber auch recht kindisch, indem sie Verse, die von Goethe stammten, herumzeigte und anschließend «zerknüllte». Unter den Gästen war auch Schinkel, den Bettina sichtlich bevorzugte. «Er ist Künstler und Bettina sein ausgesprochener Liebling.» Die Wertschätzung der beiden war gegenseitig. Schinkel besaß eine Sammlung ihrer Zeichnungen und Entwürfe, die er nie aus der Hand gab (wie er ihr 1837 schreibt), sie darf sich gelegentlich ein Blatt «ausleihen». Die Schwedin, die die Freundschaft nur von außen sah, hat das enge Verhältnis kritisiert. «Mir kommt es wunderlich vor, daß die Gattin eines so ausgezeichneten Mannes wie Arnim, Mutter von sechs Kindern, in ihrem Herzen überdies noch Raum für eine so exaltierte Freundschaft hat.»

Wenn die Besucherin sich wunderte, daß die Arnims selten Einladungen gaben, konnte sie den Grund nicht wissen: es fehlte das Geld. Seit Monaten gingen Bettinas Bettelbriefe nach Wiepersdorf, mußten Strümpfe, Nachtjacken und Hemden angeschafft, Holz und Stiefel gekauft, Dienstboten, Arzt und Medizin für die vierjährige Armgart bezahlt werden. Freimund, dreizehn, schämt sich in der Schule wegen seiner abgetragenen Hosen. Sie habe nicht einmal einen Wintermantel, klagte Bettina im Dezember 1825. An große Soireen wie bei Radziwills, an einen Salon wie bei den kinderlosen Varnhagens war nicht zu denken.

Zum Weihnachtsfest kam der Ehemann herüber, von der Schwedin mit Spannung erwartet. Ihr Urteil – «ein ungewöhnlich tüchtiger und prächtiger Mensch» – wurde sicher auch von Varnhagen beeinflußt. «Er sieht gut aus und spricht gut, aber soll nicht der passende Mann für Bettine sein. Der Himmel mag wissen, für wen sie als Frau *passen* würde!»

Hier war jemand, der die Ehe der Arnims als Außenstehende realistisch zu betrachten versuchte. Von Achim beeindruckt, von Bettina angezogen, lautete ihr Resümee dennoch: Beide *passen* nicht zueinander. Arnim als Vater erschien ihr immer unzufrieden, von Bettina sagte sie: «Diese schönen Kinder zu besitzen ist ein Glück, das zu genießen sie nicht viel Zeit zu haben scheint.» Die Schwedin brachte für Bettinas Eigenheiten viel Verständnis auf, doch für wen sie «als Frau *passen* würde», wer geeignet wäre, mit einer zwischen Enthusiasmus und Erschöpfung schwankenden, von Emotionen beherrschten Frau den Ehealltag zu bestehen, wußte auch sie nicht. Allerdings sank nach näherer Bekanntschaft selbst Arnims Stern in ihrer Gunst. «Er ist ein kalter Freund. Warum werden doch alle Ehemänner so gegen ihre Frauen?» Er vernachlässige seine Frau, sollte das heißen, die nun bei anderen die Zuwendung suchte, die sie bei ihm vermißte. Dabei verwunde Bettina ihre Seele «im Spiel mit gefährlichen Waffen», die Beziehungen zu anderen Männern seien «Gefährdung und Verlockung». In der Tat ist Bettina Verletzungen, sogar Demütigungen nicht ausgewichen, wenn es um Liebe ging, das Bemühen um Goethe und Pückler hat es gezeigt.

Für Arnim galt das Gegenteil, er zog das Alleinsein vor. In Wiepersdorf war er der Herr – bei Berliner Gesellschaften herrschte Bettina, und er verließ den Raum (wie Schleiermachers Stiefsohn beobachtete), wenn sie das große Wort führte. Zuweilen liebte er Gesellschaft, fürchtete aber die Wortgefechte seiner Frau und ihre «nachlässigen» Manieren. «Lasse Dich auch in keinen Streit ein, z. B. über Lord Byron ... Die Zartheit Deiner Rede gleiche der Deines Kleides, ein Schnurrbart ist nur einem Mann zu tragen erlaubt», lauteten seine wenig galanten Ermahnungen. Nur ein einziges Mal berichtet die Schwedin, daß Arnim an Gneisenaus Tisch gelacht habe.

Sie sei in das seltsame Wesen Bettinas «schmerzlich und gefahrvoll» verliebt, schrieb Malla Silfverstolpe Ende 1825 fassungslos in ihr Tagebuch. Bettinas Schmeicheleien tun ihr wohl und wehe und verführten sie dazu, aus der Einsamkeit herauszutreten – wenn Bettina fehlte, war der Abend verdorben. «Sie ist sicherlich ein merkwürdiges psychologisches Phänomen! Blitzende Ideen erleuchten oft den Wortstrom.» – «Die kleine Hexe!» – «Sie fesselt mich.»

Rahel Varnhagen, bekannt für ihren Salon und die umfangreiche Korrespondenz mit fast allen bedeutenden Menschen ihrer Zeit, gehörte mit Karl August Varnhagen von Ense zum näheren Umkreis der Arnims. – Die begüterte Schwedin Malla Silfverstolpe, geb. Montgomery, musikalisch und literarisch gebildet, wurde während ihres Berlinaufenthalts 1825/26 Bettinas Freundin und Vertraute.

Dann aber trat eine unerwartete Wendung ein. Bettina verhielt sich zerstreut und abweisend, Malla bemerkte eine neue Erscheinung in ihrer Umgebung, einen eleganten, gutaussehenden und intelligenten Mann, dem Bettina ihre volle Aufmerksamkeit zuwandte, während Arnim «trocken und herb» danebenstand. Zwischen Bettina und dem gleichaltrigen Major im preußischen Generalstab, Karl Ludwig von Wildermeth, spielte eine Romanze sich ab, die ausgerechnet in der gemeinsamen Liebe zu Arnims Dichtung ihren Ursprung nahm. Wildermeth habe ihn «als den einzigen deutschen Dichter» gerühmt, schrieb Bettina ihrem Mann, er sei entzückt von seinem Schauspiel *Die Gleichen.* «Dieser Mensch verdient wahrlich, Dein Freund zu werden.» Arnim kümmerte sich nicht um seinen Bewunderer. Das tat indessen Bettina, die in dem blendenden Unterhalter aus dem Salon der Staegemanns und der Marie von Kleist wohl mehr als nur einen guten Freund sah.

Plötzlich von der Freundin allein gelassen («Bettinas Abfall tut mir weh»), kundschaftete die Beobachterin das Verhältnis eifersüchtig aus. Wildermeth hatte ein rubinfarbenes Kelchglas von Bettina erhalten, in das die Worte *Mystère de l'âme – Geheimnis der Seele* – eingeschliffen waren. Er erwiderte die Anspielung an ihrem Geburtstag (den Arnim wieder einmal vergaß) mit einer *Sphynx* als Briefbeschwerer. Das Rätselwesen scheint aber ihre Briefe nicht gut genug beschwert zu haben, denn die Anzahl «höchst leidenschaftlicher Briefe», von denen Varnhagen spricht, hat sich nie gefunden; es existiert nur ein einziges Billett des schönen Offiziers, der drei Jahre später im russischen Hauptquartier von Adrianopel an der Cholera starb.

Über Goethe, dessen Briefe sie in einer roten Samttasche bei sich trug, erzählte Bettina der Schwedin die erstaunlichsten Dinge. Sie berichtete von der ersten Begegnung mit dem Dichter, «der ihr Abgott gewesen, seit sie im Alter von 14 oder 15 Jahren den *Werther* gelesen hat... von diesem Augenblick an wurde er eine fixe Idee, eine Passion...». Es scheint, daß manche Erlebnisse, die das schwedische Tagebuch seitenlang füllen, damals erst erfunden wurden: wie Goethe sie, die er wie im Roman *Mignon* nannte, auf den Schoß zog, sie auf starken Armen «zwei Treppen hoch» ins Haus trug und dabei *Götterkind, Sternenkind!* rief... Sowenig realistisch die Zugaben auch waren, sie hat sie zusammen mit den Originalbriefen ihrem Buch eingefügt, dessen erste Auflage schon im Erscheinungsjahr 1835 – drei Jahre nach Goethes, vier nach Arnims Tod – vergriffen war.

Ursprünglich hatte Bettina die Biographie Goethes schreiben wollen – dann war es das eigene Leben, das sie, mit dem seinen verknüpft, in einer noch nie dagewesenen Form selbstbewußter weiblicher Autobiographie öffentlich machte. Das Goethebuch wurde geboren, als sie der andächtig lauschenden Freundin im Winter 1825 Briefe vorlas, die zwar nicht alle echt waren, deren schöne Poesie die Zuhörerin aber zu Tränen rührte. «Einmal zeigte er ihr seine Büste im Alter von vierzig Jahren – da küßte sie die Büste innig. Eifersüchtig riß er sie von der Büste weg, drückte warme Küsse auf ihre Lippen und hob sie hoch empor, wieder mit dem Ausruf: *Götterkind! Sternenkind!*» Der Wunsch nach ewigem Kindsein läßt schon den späteren Titel *Goethes Briefwechsel mit einem Kinde* anklingen. Realität und Projektion, Wunschbild und Traum, kindliches Fühlen und sinnliches Erfahren fließen ineinander. Im Haus der fremden Freundin erfand Bettina in glühendem Pathos ihren Lebensroman.

Eine Person aber fehlt in diesem selbstgestalteten Leben: Achim von Arnim. Bettina hat aus allen zwischen ihr und Goethe gewechselten Briefen sein Bild ebenso rücksichtslos entfernt wie die Ereignisse, die sie lebenslang aneinander banden. Verlobung und Hochzeit kommen im Goethebuch nicht vor – sie sind gelöscht, eliminiert, als hätte es Arnim nie gegeben.

«Mich friert, wenn ich an dich denke»

Landhausleben. 1826/1828

Die Fülle des Lebens gebiert sich
in ihr wieder!
(Leopold Ranke über Bettina, 1827)

Arnims letztes Buch von 1826 trägt einen Titel, der seiner Lebensform gut zu entsprechen scheint: *Landhausleben.* Neben einem schon früher entstandenen Drama *Marino Caboga,* dessen Held für die Rechte der Armen kämpft, enthält es vier Erzählungen: *Rembrandts Versteigerung,* worin sich Arnim gegen die von Goethe geforderte, antikisierende und idealisierende Malerei wandte; *Metamorphosen der Gesellschaft,* eine politische Gegenwartsbeschreibung mit autobiographischen Zügen; *Wunder über Wunder,* eine Parodie auf Goethes Pädagogik im *Wilhelm Meister,* und schließlich *Holländische Liebhabereien,* eine pralle Liebesgeschichte, die Varnhagen zu seiner positiven Rezension im «Gesellschafter» veranlaßte. Im übrigen reagierte die Kritik vorwiegend negativ auf die «Verworrenheit» seiner Schreibweise, so daß die enttäuschte Bettina eine eigene Besprechung anbot: sie werde «mit leisem Rütteln die Goldkörner von der Spreu» trennen. Aber Achim ging nicht auf ihr Angebot ein. Wilhelm Grimm verglich das Buch höflich einem geschüttelten Kaleidoskop, und nur Eichendorff zog den Umkehrschluß: die Welt *sei* nun einmal ein Kaleidoskop und Arnim darum «ein durchaus objectiver Dichter». Man halte ihn wohl für einen verwirrten Poeten, klagte Arnim, «bis die Zeit merkt, wie nah ich ihr zwischen die Federn auf die Haut gesehen habe».

Ein Traum, den er Bettina schildert, muß ihr gesagt haben, wie sehr auch er sich nach Anerkennung sehnte. Seit der Zeit des *Wunderhorns* hatte er, um eine Wiederbelebung von Volksliedern bemüht, sich für Sing- und Sprachschulen, Volksbühnen und Leihbibliotheken eingesetzt. Im Traum nun hörte er die Lieder vielfältig gesungen, die er selbst gedichtet hatte – erlebte im Traum, was er für sein Leben erhofft hatte.

Äußerlich hatte er sich seit langem den wirtschaftspolitischen Themen zugewandt, mit denen er auf dem Land täglich konfrontiert wurde. Er schrieb für den von Görres herausgegebenen «Rheinischen Merkur» 1815 und 1816 Beiträge zur Situation Berlins nach dem Sturz Napoleons, verfaßte für Gubitz' «Gesellschafter» 1817 und 1818 Buchbesprechungen und 1820 bis 1823 für Müllners «Literatur-Blatt» Aufsätze und Rezensionen, die sich gegen die verschärften Zensurmaßnahmen einer rückwärtsgewandten Politik richteten. In den Jahren 1824 bis 1826 – der Entstehungszeit des *Landhausleben* – äußerte er sich in der «Vossischen Zeitung» zu unmittelbar erlebten Problemen der Landwirtschaft, zur *Wegebesserung* und zum *Berliner Wollmarkt*, zu Pferdezucht und Getreidehandel, zu *Gärtnerschulen, Fabriken auf dem Lande*, zu *Leihbibliotheken und Theaterschulen*, seinem Lieblingsgebiet. Die Palette reicht buchstäblich von der Schweinefütterung bis zur Gegenwartskunst, die ihn auf der Berliner Herbstausstellung 1826 so begeisterte, daß er Mitglied in Humboldts neugegründetem «Verein der Kunstfreunde im Preußischen Staate» wurde. Daneben aber entstanden – was Bettina nicht wußte – Hunderte von Gedichten, die erst nach seinem Tod von ihr veröffentlicht wurden.

Es war paradox: während Arnim Goethes *Wilhelm Meister* öffentlich kritisierte, schuf Bettina ein Denkmal für ihn. Das *Landhausleben* mit der ironischen Erzählung *Wunder über Wunder* war noch nicht im Handel, als sie nach Weimar fuhr, um am 28. August 1826 Goethes Geburtstag mit ihm zu feiern, wobei es ihr erstaunlich gut gelang, den Verehrten aufs neue zu gewinnen. Zwei Wochen lang war sie fast täglich sein Gast, und obgleich sie ihm einen makabren Streich spielte, indem sie die gefeierte Sängerin Henriette Sontag mit einer List abhielt, bei einem für sie arrangierten Fest zu erscheinen, erhielt sich die freundliche Atmosphäre bis zuletzt. Als Goethe und Bettina am 10. September 1826 am Frauenplan zu Mittag aßen, ahnte keiner von beiden, daß sie sich zum letztenmal sahen.

Nach der Reise muß Bettina dem Herzog Karl August von Sachsen-Weimar, dessen Gast sie war, allerdings einen derart unpassenden Brief geschrieben haben, daß Goethe, dem das Verhältnis zu seinem fürstlichen Gönner wichtiger war als zu der exzentrischen Arnim, sich endgültig von ihr distanzierte. Während sie ihm noch einmal ihre Liebe bekundete («so fühl ich mich für die Ewigkeit Dir einverleibt»), schrieb Goethe an Karl August: «Diese leidige Bremse ist mir als Erbstück von Meiner guten Mutter schon viele Jahre sehr unbequem...» Er hat sie danach nie mehr in seinem Haus empfangen. «Frau v. Arnims Zudringlichkeit abgewiesen», notierte er 1830 lakonisch.

Während Arnim wieder einmal die Kinder in Wiepersdorf hatte, lief in Berlin Bettina nach einer preisgünstigen Wohnung herum, was in der überteuerten Stadt ein großes Problem war. Sie fand sie schließlich in der Dorotheenstraße 31, mußte aber Arnims Kritik einstecken. «Gott weiß, welcher Fluch auf uns ruht, daß wir nie ein Quartier finden, welches unseren Vermögensumständen angemessen ist.» Diesem Hieb folgte ein weiterer: «Die Kinder sind schrecklich faul und unwissend, ich quäle mich jeden Tag und Nacht, wie ich es bessern soll... nicht einen Bissen wissen sie in gesitteter Weise zum Munde zu bringen, und in ihrem Zimmer hausen sie wie die Schweine.» Lag sein Ungenügen auch daran, daß er seine Sprößlinge zu selten sah?

Mit Vorwürfen sparte er nie, in dieser Hinsicht nahm keiner von beiden ein Blatt vor den Mund. Schlimmer war, daß in seinen Briefen niemals ein Lob stand. Daß Bettina wie eine Naturheilkundige die Krankheiten der Kinder so klug behandelte, daß keines starb, während bei anderen Familien der Kindertod umging, schien ihm der Anerkennung nicht wert, dabei erwies sie in der Krankenpflege eine geradezu heroische Opferbereitschaft. Im Juli 1825 schilderte sie ihm die lebensgefährlichen Erkrankungen ihrer acht- bis dreizehnjährigen Söhne an Hirnhautentzündung: «ich mußte Tag und Nacht Umschläge auf den Kopf von kaltem Wasser und Salmiack machen, das Fantasieren zwang mich, sie auseinander zu legen, nehmlich den Siegmund in dein Zimmer... Siegmund hat einen sehr starcken Durchfall... Freimund leidet an Verstopfung, Kühnemund ist am abgespanntesten... Das Zeichen der Hirnentzündung ist fortwährende Übelkeit bis zum Erbrechen und Schwindel, so daß alles im Drehen ist, worüber Freimund immer weinen mußte und endlich in Ohnmacht fiel. Dieß alles machte mir in manchen Augenblicken bang, ich kam in 5 Tagen in kein Bett... es konnte sich keiner regen, nicht einmal den Kopf emporheben, und noch jetzt muß ich sie tragen auf den Nachttopf und von einem Bett ins andre...»

Doch wie immer sie sich mühte, Freimunds Fleiß, Siegmunds Lerneifer, Friedmunds Talente und Kühnemunds Sportlichkeit zu rühmen, Achim war nie zufrieden. Für ihn waren die Söhne Exempel der «Nachlässigkeit, Unordnung und Unreinlichkeit», ihr Lernen «Stümperei ohne Aussicht», und was aus den Mädchen werden soll, «weiß der liebe Himmel». Der «liebe Himmel» verhinderte aber nicht, daß Arnim bei seinem nächsten Berlinbesuch im November 1826 alles unternahm, was dazu angetan ist, die Familie mit einem weiteren Kind zu beschenken – der Tochter Gisela.

Heiter berichtete er (am 22. Dezember 1826) Savigny von seiner neuen politischen Mission: er hatte erstmals an einer

Landratswahl teilgenommen. «Dazu fuhr ich in einer neuen grünen Droschke mit Gold besetzt, mein Knecht in einem ehemaligen Überrocke von mir (es bleibt ein Geheimnis) mit rotem Vorstoß und blanken Knöpfen...» Lustige Briefe an den Schwager – seiner Frau ein paar dürftig-trockene Zeilen. Am Jahresende 1826 wurde der neunjährige Kühnemund vom Scharlach befallen, einer Seuche, gegen die es kein wirksames Mittel gab; Schleiermachers Sohn starb daran. Mit dem vor Schmerz wimmernden Jungen in Berlin allein, verbrachte Bettina ein unglückliches Weihnachten, während Arnim mit den anderen Kindern recht vergnügt feierte.

Nach aller Anstrengung wurde sie selber krank. «Manchmal befällt mich der Wahn, ich sei schwanger.» Ein Wahn war es nicht. Obwohl fast zweiundvierzig Jahre alt, traf ein, was eine Zigeunerin Arnim in Karlsbad prophezeit hatte: sie werden sieben Kinder haben.

Leopold Ranke, dreißig Jahre alt, als schon bekannter Historiker an die Berliner Universität berufen, verbrachte seit dem Spätherbst 1826 viele Abende bei Arnims, und es war offensichtlich, daß er hauptsächlich der Gastgeberin wegen kam. Ranke gehörte der jungen Generation an wie Markus Niebuhr, Moriz Carrière und Heinrich Bernhard Oppenheim, in denen Bettina die Vorhut des geistigen Fortschritts sah; dazu kamen später Bruno Bauer, dessen religionsphilosophische Ansichten Eingang in ihr *Königsbuch* fanden, der Dichter Emanuel Geibel und der Jurist Rudolf Baier, den sie bei der Herausgabe von Arnims Werken als Gehilfen geradezu ausnützte. Sie alle waren «Jünger», die sie um sich zu scharen pflegte und die ihr, wie der Mediziner Max Ring, in «fast an Liebe grenzender Verehrung» anhingen. Sie korrespondierte mit Julius Döring und führte freizügige Gespräche mit dem Studenten Philipp Nathusius, dessen Korrespondenz sie in ihrem Buch *Ilius Pamphilius und die Ambrosia* verwertet hat. Studenten strömten zu allen Zeiten in ihr Haus, zum Zeichnen, Singen, Proben und Diskutieren. Die gegensätzlichsten Männer waren es, die einer Frau, die mit Goethe, Beethoven und Schleiermacher Umgang hatte, huldigten und sich von ihr belehren ließen.

Eine Freundin von Rahel Varnhagen, die Schauspielerin Karoline Bauer, beschrieb die vierzigjährige Bettina als eine Frau voller Jugendlichkeit, Leben und Grazie. «Sie war klein, zierlich und hatte in ihrem Aussehen und in ihrer wirbelnden Beweglichkeit etwas Knabenhaftes.» Die «wirbelnde Beweglichkeit» kennzeichnet im Grunde noch immer jene rastlose Unruhe, die Bettina selbst verteidigte: «Meine Seele ist eine leidenschaftliche Tänzerin… und wenn der Tanz aus wär, dann wärs aus mit mir.» Wie sehr ihre unkonventionelle Intelligenz Ranke beeindruckte, ist seinen Briefen anzumerken, die über das, was man einer Dame der Gesellschaft anvertraute, entschieden hinausgehen. Sie verkörpere das «Funkensprühende, Feuerwerksartige, Explodierende, Enthusiastische», wie man es sonst nirgends finden könne, schrieb Karoline Bauer, und verwundert berichtete Ranke seinem Bruder, ihm sei eine solche Beredsamkeit noch nicht vorgekommen. Sie besitze Eigensinn, aber auch Liebenswürdigkeit, er sei gerne bei ihr und warte oft bis Mitternacht, «bis H. v. A. (Herr von Arnim) nach Hause kommt. Auch ihre Kinder sind mir lieb.»

Arnim war mit seinen Kindern weniger zufrieden. Am liebsten wollte er die Söhne in eine «Schulanstalt» wie Schulpforta oder Roßleben stecken, wogegen Bettina, selber ehemalige Internatsschülerin, heftig protestierte. Schinkels Freund Beuth überzeugte sie von seiner neuen Schulform, der «Gewerbeschule», einer Vorform des späteren Realgymnasiums ohne Griechisch und Latein; ihr gab Bettina, im Gegensatz zu Arnim, den Vorzug. Sie mühte sich, die Aufnahme der Söhne in die Klödensche Erziehungsanstalt oder ins Joachimsthalsche Gymnasium, wo schon Achim Schüler war, zu bewerkstelligen, lobte in mütterlicher Blindheit jeden Fortschritt («Friedmund ist der ordentlichste und eifrigste Student, er ist schon um 4 Uhr morgens mit seinen Arbeiten beschäftigt…») und erlaubte, daß sie schwimmen lernten.

Ein Unglück will es, daß ausgerechnet der sportliche Kühnemund beim Schwimmen ums Leben kommt. «Groß und schlank gewachsen, mit schönen, edlen Zügen und kühnen Augen», schreibt seine Schwester Maximiliane, «glich er ganz dem Bild unseres Vaters.» Der Achtzehnjährige wollte im Sommer 1835 Freunden einen Kopfsprung in die Spree vorführen. Er prallte gegen einen Stein, wurde auf der Bahre nach Hause getragen, sprach noch mit seiner Mutter, tröstete sie und starb am anderen Morgen.

Leopold Ranke erlebte in den Jahren 1826 und 1827 Bettinas Aufregungen aus nächster Nähe mit. Die Mühen um guten Unterricht, die Ängste bei schweren Krankheiten, den Streit mit den Dienstboten, die Bittgänge zu den Lehrern, die Geldsorgen – und auch das nicht unfreundliche, aber kühle Verhalten Arnims. Er bewunderte ihre Haltung bei den Beschwerden der Schwangerschaft. Zu Varnhagen sagte er: «Dies verwunderungswürdigste Geschöpf ist sozusagen in eine Mitleidenschaft der Natur gezogen, obwohl sie eigentlich einsam lebt…» Bettina verfügte über versteckte Stärken und verborgene Energien – und ein großes Vertrauen in die Zukunft. Um Achim zu erheitern, manipuliert sie die Erfolgsbilanzen der Kinder und schönt die Ergebnisse («Lasse Dir also nicht vor der Zeit graue Haare wachsen, sondern sei vergnügt und komme so bald als möglich zurück»). Ihre gute Laune wird nur einmal ernstlich in Frage gestellt: als Arnim ihr vorhält, sie habe keine Freundinnen.

Selten reagierte sie derart gereizt wie in dem vor Ärger schäumenden, elfseitigen Brief vom Juli 1827. Hatte Arnim einen wunden Punkt getroffen? Sie brauche keine Freundinnen! Er habe nur ein schlechtes Gewissen, weil er sie

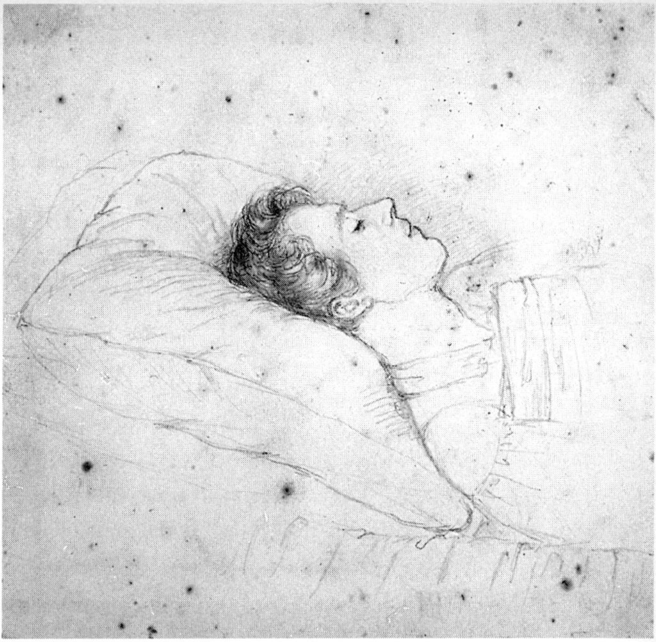

Kühnemund von Arnim als Achtzehnjähriger auf dem Totenbett. Er starb durch einen unglücklichen Kopfsprung in die Spree. Arnims vierter Sohn war sein Ebenbild, wie die Tochter Maximiliane in ihren Erinnerungen schreibt: «Groß und schlank gewachsen, mit schönen, edlen Zügen und kühnen Augen glich er ganz dem Bild unseres Vaters aus dessen Jugendzeit. Ein Meister im Turnen und Schwimmen, war er zugleich geistig und auch dichterisch hochbegabt…»

allein lasse, «wo andre doch zum wenigsten an ihrem Mann eine Krücke haben». Sie sei das Alleinsein gewöhnt, «Freundinnen» aber wie die Nervensäge Rahel Varnhagen, eifersüchtig auf ihr Verhältnis zu Ranke, überschütte sie nur mit ihrem falschen Mitleid. «Freundinnen» wie die dumme Bardeleben, die alberne Lützow seien die Langeweile in Person. «Vivat, daß ich keine Freundinnen mit in dem Strom meines Geschickes führe, mögen diese Nymphen andere Ufer verschönern, vor mir können sie mit ihren Nacktärschgen ungelitten bleiben...»

Voll Zorn dreht sie den Spieß um und verklagt Arnim, sein eigenes Leben nicht im Griff zu haben. Er könnte mit Savigny in Neapel «verjüngt unter den Göttern wandeln», statt dessen schere er Schafe. Sie könnte aus der Haut fahren! Um ihm aber doch eine Freude zu machen, will sie ihm die kleine Erbschaft, die sie soeben durch Franz erhielt, zur Feier der bevorstehenden Geburt schenken. «Dieses 7te Kind, was Dir so in die Quere kommt, soll Dir eigentlich das liebste werden, denn es ist das letzte an der Zahl, die Dir zu Deinem Glück prophezeiht sind.»

«Weiß jemand mir für mein neugebornes Kind einen guten Namen anzugeben», fragte Arnim übermütig die Grimms. Ottilie Beata *Gisela* Walpurgis von Arnim, geboren am 30. August 1827, hätte nach dem Wunsch ihrer Mutter zwei Tage früher zur Welt kommen sollen – nämlich an Goethes Geburtstag. Dennoch wurde sie ihr «Glückskind». Musizierend und dichtend, malend und zeichnend, war Gisela von allen die Begabteste. An Leopold Ranke in Wien geht die Nachricht: «Heute ist der fünfte Sonntag seit meines Kindes Geburt. Arm und Bein müde, die Augen voll Schlaf, die Kehle voll Wiegenlieder, werde ich selbst zum Kinde...»

Rankes Antwort ist ein Freudenruf. «Es ist nun ein Jahr, daß ich Sie kenne. In diesen Monat fällt der Tag, da ich Sie zuerst – dunkel gekleidet, mit Ihrem schwarzen Haar an das Sophakissen gelehnt – bei Varnhagen sah.» Er bedauert, aus

Berlin abgereist zu sein, und nennt ihr auch den Grund: «Wäre unsere Freundschaft nicht noch besser, wahrer, umfassender geworden, wäre ich daheim geblieben?» Zeugnisse der Zuneigung. Bei aller «Misere», gesteht er Varnhagen, habe er sie nie anders als «unerschrocken» erlebt, «und die Fülle des Lebens gebiert sich in ihr wieder... Schade ist es, daß ich...» – mitten im Satz bricht er ab, als sei er in seinem Geständnis schon zu weit gegangen.

Varnhagen gegenüber erwähnt er auch Bettinas große Einsamkeit. In der Tat wird ihr das Alleinsein wieder verzweifelt spürbar. Arnim, in Wiepersdorf zum Kreisdeputierten berufen und in politischer Funktion unterwegs, war fern, und Bettina entbehrte ihn um so schmerzlicher, als die Geburt dieses letzten Kindes sie einander wieder nähergebracht hatte. Sie sehne sich nach ihm, klagte sie, während sie Rankes Brief im Polster des Lehnstuhls versteckte, «mich friert, wenn ich an Dich denke, daß Du in dieser Kälte allein bist, und das Mitleid macht mich manchmal in Gedanken in Dein Bett schlüpfen».

«In meiner schwermütigen Einsamkeit»

Arnims Tod. 1829/1831

Das gefährliche Jahr neigt sich zu seinem Ende,
die goldne Zeit soll nun kommen.
(Arnim an Bettina, 1830)

Arnim liebte seine Kinder – trotz aller Kritik an ihnen. Die Tochter Maximiliane schreibt von ihrem Glücksgefühl, wenn sie auf seinem Knie ritt und er am Klavier Lieder aus dem *Wunderhorn* sang. Er war ein liebevoller Vater, für die Kinder «eine Lichtgestalt», kein Wunder, daß alle sieben «zärtlich und begeistert an ihm hingen». Die Art, wie sie die Eltern auf einem Ball bei Savignys beschreibt, erklärt ihren Stolz: «mein schöner Vater und die Mutter in gelbseidenem Kleide mit der Bernsteinkette...». Die Ferien in Wiepersdorf waren herrlich, weil man dort endlich beide Eltern erleben konnte. Maxe erinnert sich an gewisse heitere Abmachungen: kam etwa der dicke Prediger Salpius über den Hof, durfte derjenige ausreißen, der zuerst die Tür erreichte – der andere mußte den Besuch ertragen. Mit viel Humor berichtete auch Arnim von seinen Kindern. «Du würdest Dich an der lebendigen Gruppe ergötzen, wenn sie sich alle in den Ästen eines vollen Birnbaums wiegen, auf den die Sonne scheint, und wenn sich die Jüngeren an die Beine der älteren hängen», schrieb er Wilhelm Grimm, «oder wenn Siegmund sich in die Futterraufe des Pferdes hockt und ihm das Futter selbst ins Maul steckt...»

Seinen häufigen Beschwerden über die angeblich mißratenen Sprößlinge begegnete Bettina mit wunderbarer Einfachheit. «Versündige Dich nicht an Gott mit Klagen über die

Kinder, sie sind alle gut.» Am Ende wird sie recht behalten. Freimund, mit Anna von Baumbach verheiratet, übernahm später Wiepersdorf, das sein Sohn, der Historienmaler Achim von Arnim, neu gestalten wird. Siegmund, eitel und rechthaberisch, aber nach Meinung seiner Schwestern «die vornehmste Natur», ging als Attaché nach Wien, wurde Geschäftsträger Preußens in Stockholm, Hannover, Dresden und Lissabon und Verfasser juristischer Bücher. Friedmund, Jäger und Naturliebhaber, heiratete Marie von Trott zu Solz und wirkte als Landwirt auf dem ererbten Gut Blankensee; seine drei Söhne Erwin, Ottmar und Annois, die er nach dem frühen Tod seiner Frau alleine großzog, führten die Linie der Arnims bis heute weiter.

Maximiliane und Armgart, die ihre Jugend bei den reichen Frankfurter Verwandten verbrachten, hielten als umschwärmte Schönheiten am königlichen Hof Einzug und führten mit ihrer Mutter ein in Berlin berühmt unkonventionelles Haus. Bei Bettina gingen liberale Politiker und oppositionelle Künstler – in den Räumen der Töchter Preußenprinzen und konservative Adlige ein und aus. Die ihrer Schönheit und Intelligenz wegen bewunderte Maxe wurde nach zwei gelösten Verlobungen in der Ehe mit Graf Eduard von Oriola Mutter von fünf Kindern; die als Zeichnerin begabte Armgart heiratete nach Bettinas Tod Albert Graf von Flemming und bekam zwei Töchter. Gisela, die gemeinsam mit der Mutter Märchen und Geschichten verfaßte, nahm als einzige keinen Aristokraten, sondern ließ sich heimlich – darin ihre Eltern nachahmend – mit ihrem Jugendfreund Herman Grimm trauen. Alle Kinder besaßen eine fundierte musikalische Ausbildung und beschäftigten sich ihr Leben lang, dichtend und schreibend, mit Kunst, Musik und Literatur.

Arnim kam immer seltener, vergaß auch Geld zu schicken, so daß Bettina ihn um Ostern 1829 wieder anbetteln mußte:

«...für alle Bedürfnisse, Wäsche, Nahrung, Licht, Holz reichen drei Taler am Tag nicht hin...» Warum kam er nicht? «Die arme Gisel hat wirklich ein Schicksal wie eine arme Waise...» Er reagierte kühl, unzufrieden. Hätte er Vermögen, ginge es ihm anders. «Ich quäle mich, Geld einzunehmen, sonst wäre mir ganz heiter ums Herz», schrieb er aus Wiepersdorf. Infolge der allgemeinen Wirtschaftskrise hat sich seine ökonomische Situation verschlechtert, außerdem klagt er über Fieber, Ohrenbrausen und Hämorrhoidalbeschwerden. Seine Mitteilungen klingen so beängstigend, daß Bettina ihm dringend zu einer Kur rät. Er solle sich erholen «im Schoße der Natur, denke, daß es der meinige sei...». Erotische Vertrautheiten haben auf beiden Seiten noch immer die Risse der Beziehung zu kitten vermocht.

Tatsächlich unternahm Arnim Ende September 1829 wieder eine Reise, die ihn nach Salzburg, Wien, Prag und München führt, wo er auch seinen einstigen Rivalen Max von Freyberg kennenlernte – eine enttäuschende Begegnung. Aber im Laufe der Reise kehrte die aufmerksame Neugierde des Schriftstellers zurück. Endlich! jubelte Bettina, erkenne sie seine dichterische Seele wieder, «so warst Du mein, so hab ich Dich leidenschaftlich geliebt».

Das Resümee – Arnims *Erinnerungen eines Reisenden* – erschien bereits Ende 1829 in Fouqués «Berlinischen Blättern». Nicht mehr dem Wunderbaren und Romantischen gab er darin den Vorzug, sondern – ähnlich wie Kleist – den Zufällen der Wirklichkeit, den Überraschungen der Realität. Die Abkehr des einstigen «Wunderhornmannes» von der Romantik findet sich auch in seiner (im Nachlaß gefundenen) Erzählung *Melusine*: da entfernt ein Chirurg die kleinen, silbernen Flossen vom Rücken eines Melusinenkindes mit dem Skalpell – symbolischer kann man den Wechsel von der Romantik zum Realismus nicht darstellen.

Müßig war Arnim nie, aber von seinen unzähligen Entwürfen, Namenslisten, Handlungsskizzen erfuhr Bettina nichts.

Auch die politischen Beiträge erwähnte er in den Briefen nicht, vielleicht aus Angst vor Kritik, etwa über seine *Ideen und Vorschläge zu einer neuen Adelsverfassung.* Einerseits verurteilte er die wachsenden reaktionären Tendenzen, andererseits mußte er als Grundbesitzer an aristokratischen Privilegien festhalten. Seine Stellung zwischen dem konservativ preußischen Adel und der Position des kritisch beobachtenden Literaten verschafften ihm den Ruf eines «konservativen Revolutionärs».

Bettina war nur mit poetischen Beiträgen zu erfreuen. Arnims Aufsatz *Ausflüge mit Hölderlin* (1828) erinnerten sie an ihre junge Ehe, als er noch Vorlesungen über Hölderlins «Hyperion» halten wollte; seine Shakespeare-Studie *Hamlet und Jakob* (1829) nahm sie geradezu euphorisch auf: «so richtig, so schön, so gemessen, so musikalisch, so überzeugend im Styl... Du würdest die Menschheit verschönern in ihrem Umgang, wenn Du ihr Schriftsteller wärest.» Sah Arnim hinter dem übertriebenen Lob auch den Ehrgeiz? Er schwieg. Seine letzte Rezension von 1830 galt seinem Freund Houwald, den Bettina nicht mochte, und enthält die bittere Anmerkung, daß Dichter, um existieren zu können, neben ihrer poetischen Tätigkeit einen Brotberuf ausüben müssen, hießen sie nun Wieland, Schiller, Lessing oder Houwald. Sich selber nennt er nicht – er steht ungenannt zwischen den Zeilen.

«Lieber Arnim... Du bist jetzt schon über 2 Monate abwesend...» Die Klage stammt vom 28. August 1829, Goethes Geburtstag, die kleine Gisela wurde gerade zwei Jahre alt. «Liebe Bettine... ich habe seit voriger Nacht wieder Schmerzen und Fieber, so daß ich meine Ankunft in Berlin... aussetze», lautete die Antwort. «Liebe Bettine! Ein Separationstermin... veranlaßt mich, ein paar Tage länger zu verweilen», hieß es am 6. September 1829. Immer weiter schob er die Rückkehr hinaus und blieb selbst an Weihnachten in Wiepersdorf. Mit wem feierte er? Mit den Gutsnachbarn Seyffertitz aus Ahlefeld? Mit Amtmann Kessler, dessen Frau ihn beeindruckte, mit Prediger Salpius oder Lorenz, dem Arzt?

Im Frühjahr 1830 blieb er immerhin vom Januar bis März in Berlin, kehrte dann aber mit fliegenden Fahnen aufs Land zurück, «mit dem Gefühl eines aus der Schlacht glücklich entkommenen Kriegsmannes». Allerdings kann der Aufenthalt so mißlungen nicht gewesen sein, wie er es darzustellen beliebte, denn zwei Monate später fühlt Bettina sich wieder schwanger. Sie ist fünfundvierzig Jahre alt und muß sich erst von ihrer älteren Schwester Gunda belehren lassen, daß man in diesem Alter nicht mehr fürchten müsse, «guter Hoffnung» zu sein.

Im Jahr zuvor hatte sie die Töchter Maximiliane und Armgart, elf und neun Jahre alt, zu ihrem Bruder Georg nach Frankfurt gebracht. Wie Prinzessinnen, schreibt Maxe, wuchsen sie dort auf. «Das stattliche Patrizierhaus *Zum Goldenen Kopf*... und die vielen feinen Verwandten, die sich im Blauen Saal zusammengefunden hatten, um unsre Mutter zu begrüßen, imponierten uns sehr.» Aber im Jahr darauf erkrankte Maxe lebensgefährlich. Bettina fuhr mit der kleinen Gisela im August 1830 zu ihr, um beim Eintreffen in Frankfurt zu erfahren, daß der neunzehnjährige Sohn ihres Bruders Georg an diesem Tag gestorben war: «Kopfweh, Frost, Hitze, Schwindel, Laxieren...» Die Krankheit heißt Typhus, Maxe hat sie ebenfalls, liegt mit verzerrtem Gesicht im Bett. Aufopfernd und geduldig versorgte Bettina ihr Kind. «Mehrere Nächte habe ich an Maxens Bett verwacht, immer durch den Gedanken aus dem Schlaf geweckt, jetzt könnte sie tot sein, so leichenblaß, so regungslos und leise atmend war sie...»

Bettinas medizinische Befähigung wirkte, als ein Jahr später die Cholera ausbrach, ebenso großartig wie ihr soziales Pflichtbewußtsein. Sie scheute sich nicht, Kranke und Befal-

Die jüngste Tochter Gisela, begabt und schön «mit ihren fein gemeißelten Zügen, der edlen Stirn und ihren großen ausdrucksvollen Augen», war Bettina ähnlich, dichtete, zeichnete und malte, hatte aber auch deren «Kampfgeist und Kritiklust» geerbt. Gisela heiratete im Todesjahr Bettinas 1859 den Kunsthistoriker Herman Grimm, ihren Jugendfreund.

lene in ihren Elendsquartieren aufzusuchen und die Arznei, die sie für die beste hält – den Tollkirschenextrakt Bella Donna – eigenhändig an Bedürftige zu verteilen. Mit Schleiermacher organisiert sie Geldsammlungen, kauft auf dem Wochenmarkt alle vorhandenen Schuhe, läßt in ihrer Wohnung weitere Schuhe nähen und an Arme verteilen. Nach Abklingen der Seuche zogen die Gilden der Stadt vor ihr Haus, um ihr zu danken.

In Arnims Briefen, auch an die Grimms, ist viel von seiner «schwermütigen Einsamkeit», wenig von der Revolution die Rede, die im September 1830 Berlin erschütterte, den Massenversammlungen auf dem Schloßplatz, den Forderungen nach der versprochenen Verfassung, weil er das alles in Wiepersdorf kaum miterlebte. Von Bettina erbat er sich hingegen Einzelheiten über die Julirevolution in Paris. Während Savigny weitblickend äußerte, man müsse «auf den Untergang aller Verhältnisse ... gefaßt seyn», war es Arnims politische Grundüberzeugung, Preußen sei durch die Reformen vor einer Revolution geschützt. Ihn beschäftigte mehr die große Kunstausstellung, die ihn mit Werken von Blechen zu ungewohnter Begeisterung hinriß. Der Name des damals zweiunddreißigjährigen Karl Blechen fällt zum erstenmal. Nach Arnims Tod nahm Bettina sich des verarmten Malers an, veranstaltete eine Lotterie zu seinen Gunsten und erwarb sein Gemälde «Nachmittag auf Capri», um ihm das Geld zur Italienreise zu verschaffen, bis sich die Ehefrau des psychisch Kranken ihre offenbar rechthaberische und taktlose Einmischung verbat. Karl Blechen starb mit zweiundvierzig Jahren in geistiger Umnachtung.

Hätten sie es ahnen können, daß das Wiedersehen im November 1830 nach der langen Trennung ihre letzte gemeinsame Zeit war? Arnim erledigte seine Geschäfte auf dem Wollmarkt, sie besuchten die Freunde: Alberti, Pistor, Schleiermacher und Varnhagen, dem Arnim zum Fest einen

Hasenbraten schickte, waren häufig bei dem Juristen Karl von Meusebach zu Gast, der mit seiner Frau Ernestine ein geselliges Haus führte und der, selbst ein Literaturforscher, den gleichaltrigen Arnim mit Büchern und Drucken zur deutschen Barockliteratur versorgte.

Clemens, von seiner geliebten, dichterisch begabten Herzensfreundin Luise Hensel zurückgewiesen, hatte seinem unbehausten Leben einen Halt durch die Religion zu geben versucht und sich jahrelang im westfälischen Dülmen aufgehalten, wo er am Bett der stigmatisierten Nonne Anna Katharina Emmerick Aufzeichnungen machte, die er zur Veröffentlichung vorbereitete. Seine übertriebene Frömmigkeit hatte ihn Bettina – deren «Kunstgeschnatter» er wiederum nicht ertrug – entfremdet; Arnim, sagte Clemens enttäuscht, sei «einseitig und beschränkt» geworden, beide Ehepartner hätten nicht mehr viel voneinander.

Ähnlich drückt sich auch Ehrenfried von Willich aus, Stiefsohn des wortgewaltigen Predigers Schleiermacher, der die Arnims seit vielen Jahren kannte. «Es war eine kuriose, obwohl nicht gerade unglückliche Ehe. Beide gingen freundlich nebeneinander her.» Arnim hätte diesem Urteil vielleicht zugestimmt. Je zurückhaltender er wurde, desto mehr trat seine Frau in den Vordergrund, zuletzt durch ihre Zeichnungen zum großen *Octoberfest-Fries* für den bayerischen König, die sie ihm persönlich überreichte. Ob sie nicht als Ehrenmitglied bei der Akademie vorfahren wolle, spottete Arnim – Bitterkeit klingt in seinen Worten mit.

Beide gingen freundlich nebeneinander her – Bettina wäre anderer Meinung gewesen. Niemals hatte sie aufgehört, Achim ihre Liebe zu versichern. «Du bist ein Dichter, und wenn Du mein Mann nicht wärest, wie sehr würde ich mich sehnen, eine Liebschaft mit Dir anzufangen … ja wie würde mich jedes kleine Gedicht, jede neue Erzählung aufs Neue zu Dir hinziehen … Diese Sehnsucht einer gutmütigen Hausfrau hab ich: Ich möchte Dir ein Himmelbett einrichten.» Sie litt darunter, daß sie und die Kinder wie Bleigewichte die Flügel beschwerten, die Arnim, einem Phönix gleich, zum Ruhm hatten tragen sollen. Er wiederum glaubte, sie einem besseren Leben entrissen und zu einem entbehrungsreichen Dasein gezwungen zu haben – jeder fühlte sich des anderen wegen schuldig.

In gewisser Weise hatte sich ihre Ehe in einer unglücklichen Verkettung von inneren und äußeren Unverträglichkeiten tragisch entwickelt. Früher waren sie verbunden durch gemeinsames Arbeiten, Dichten und Erzählen, durch das Sammeln von Volksliedern, durch Musik und Theater. Was war geblieben? Die wirtschaftliche Interessengemeinschaft einer kinderreichen Familie. Dennoch, eine Überzeugung hatte sich Bettina niemals nehmen lassen: die Gewißheit, mit einem begnadeten Dichter verheiratet zu sein. Ihr Leben wäre sonst ein Irrtum gewesen.

Trotz aller Bemühungen war die letzte gemeinsame Zeit nicht erfreulich. Bettinas chaotische Haushaltsführung, die Unordnung, die im «Herumflattern» seiner eigenen Briefe gipfelte, kränkten Arnim. Er verabscheute ihre lügenhaften Verdrehungen. Die Klatschsucht, die er früher bei Clemens abgeschmackt fand und mit der nun seine eigene Frau über die verfrühte Hochzeit von Schleiermachers Tochter, die eingebildete Schwangerschaft von Susanne Schinkel herfiel, war ihm zuwider; ängstlich bat er um größere Zurückhaltung. Sein kurzer Brief aus Wiepersdorf vom 15. Dezember 1830 schließt mit den Worten: «Das gefährliche Jahr neigt sich zu seinem Ende, die goldne Zeit soll nun kommen.»

Was dann aber kam, war sein Tod.

War es verabredet, daß er zum Weihnachtsfest 1830 wieder nicht erschien? *«Liebe Bettine!»*, so am 22. Dezember, «Der Getreideverkauf hält mich hier zurück, nicht der Schnee...» Was für die Kinder nötig ist, soll sie «zusammenbringen», gute Äpfel und Marzipan. Er war auf der Jagd und gibt ihr den Rat, das Fest mit Hasenpastete und weißem Burgunder zu begehen – wie *er* es feiert, verrät er nicht. Saß er einsam in seinem Gutshaus, während Frau und Kinder auf ihn warteten?

Jedenfalls begann das Jahr 1831 für ihn mit einer vergnügten Silvesterfeier bei Nachbar Birkner, bei der «die jungen Damen» sich mit alten Gewändern verkleideten. Der Getreideverkauf wurde getätigt, dann aber mußte der Stadtrichter abgewartet werden. Arnims Gesundheit schien angegriffen, doch der Neujahrsball, auf dem er mit Madame Unverdorben eine schwungvolle Polonaise tanzte, wurde trotzdem ein Erfolg. «Wiepersdorf, 7. 1. 1831. *Liebe Bettine!* Ein Schmerz im Knie und Fuß hinderte mich an der Abreise...» Sie soll ihn aber keinesfalls besuchen, «die Kinder in Berlin bedürfen Deiner Gegenwart». Das klingt nicht aufrichtig, schließlich blieben die Kinder auch sonst mit dem Hauslehrer allein. Dann ist er zwar gesund, doch von Berlin ist nicht mehr die Rede. Nun riß Bettina der Geduldsfaden. Sein Bleistiftzettel sei besorgniserregend, sie werde kommen. Es war der letzte Brief, den sie ihm am 18. Januar 1831 schrieb. Ohne zu ahnen, daß sie ihn nie wieder sehen wird, schlug Bettina einen Bogen der Zuneigung über zwanzig Jahre hinweg vom ersten bis zu diesem letzten Ehebrief: «...ich küsse Dich von Herzen und mit der Sehnsucht, bei Dir zu sein.»

Drei Tage später verließ Arnim, der sich nicht wohl fühlte, eine in seinem Hause versammelte Jagdgesellschaft, ging in sein Zimmer und nahm Tiecks Roman *Sternbalds Wanderungen* zur Hand, den er in Königsberg mit Auguste von Schwinck gelesen hatte. Als der Diener in sein Zimmer kam, um das Teegeschirr zu holen, fand er den Gutsherrn, noch atmend, auf dem Boden liegen. Am 21. Januar 1831 starb Achim von Arnim «an einem Nervenschlag», kurz bevor er fünfzig Jahre alt geworden wäre. Von seiner Familie war niemand bei ihm.

Bettina weinte und schrie fassungslos (berichtet Varnhagen), als man ihr die Todesnachricht überbrachte. Sie war dermaßen außer sich, daß er kaum begriff, wie schnell sie sich auch wieder fassen konnte. «Sein Tod ist auch kein schreckliches Ereignis, sondern ein schönes und wohltätiges für mich und seine Kinder», schrieb sie zehn Tage danach an Wilhelm Grimm, den sie zum Herausgeber von Arnims Werken bestimmte. «Ich bin sein Weib und habe seine Kinder unter dem Herzen getragen, es ist sehr viel Schönes in diesen Kindern, ich soll noch eine Weile mit diesen Kindern sein, und diese Prüfung meiner Liebe soll mich ihm neu vermählen.» Der Ring, den Arnim zwanzig Jahre lang «als Zeuge unbefleckter Treue» trug, stecke nun «als Verlobungsring für die Ewigkeit» an ihrem Finger. Leopold Ranke berichtete seinem Bruder, er habe sie «auf einer neuen Stufe der Entwicklung» angetroffen. «Sie selbst behauptet, ihn nicht verloren zu haben …»

In Wiepersdorf neben der Kirche, wo auch sie später liegen wird, wurde Achim von Arnim beerdigt. Auf einer Sandsteinplatte an der Kirchenwand stehen die Verse aus den *Kronenwächtern*:

Gib Flügel dann und einen Hügel Sand,
Den Hügel Sand im lieben Vaterland,
Die Flügel schenk dem abschiedsschweren Geist,
Daß er sich leicht der schönen Welt entreißt!

Immer blieb Bettina der Auffassung treu, daß man den, den man wirklich geliebt, für immer behält – es war Arnim, der ihr diese Gewißheit beigebracht hatte.

«Vergiß den guten, armen Arnim nicht»

Eine berühmte Frau. 1831 / 1859

> *Ich bin glücklich, daß ich wieder in der Heimat sein kann, im eigenen Herzen, weil die Vorwürfe mir geschenkt sind und weil das Opfer seines Todes die bösen und verkehrten Neigungen von mir genommen hat.*
> (Bettina an Caroline von Egloffstein, 1831)

Das Alleinleben hatte Bettina zu einer für ihre Zeit emanzipierten Frau gemacht. Längst war sie gewöhnt, mit familiären Problemen fertig zu werden, ohne die eigenen Ansprüche zu vernachlässigen. Letztlich hatte sich gerade die «Ehe auf Distanz» zwischen diesen beiden eigenwilligen Partnern als vorteilhaft erwiesen. Trotz ihrer beider Freiheitsanspruch konnte kein Mißtrauen – für Arnim der Tod jeder Ehe – ihre Gemeinschaft zerstören, und das lebendige Gespräch zwischen ihnen ist niemals abgerissen. Achim habe ihr Leben unendlich bereichert, schrieb Bettina ihrer Schwester Meline, doch erst sein Tod öffne ihr Wege, «die man vorher nie betreten»; sie plane manches, «was einem früher nie in den Sinn gekommen seyn würde». Mit «eisernem Beharren» (das Goethe bewunderte) führte die Sechsundvierzigjährige, die sieben Kinder großzuziehen hatte, ihre Pläne durch und tat, was sie für richtig hielt. («Mein eigner Herr zu sein, nicht von Sorgen, von Ansprüchen berührt… das tat mir so wohl.»)

Als Alleingängerin, die ihre Ziele ebenso leidenschaftlich wie rücksichtslos verfolgte, war sie gezwungen, unter Mißachtung von Gesetzen und Konventionen immer einen Schritt weiter zu gehen, als erlaubt – anders hätte sie als Frau nichts erreicht. Die Kehrseite dessen, was die Gesellschaft aufdringlich, überspannt und «wahnsinnig» nannte, waren ihr Mut und ihre unerschrockene Tapferkeit.

Mit ihrer ganzen Person setzte sie sich 1839 für die Rehabilitation der ihrer Professorenämter enthobenen Brüder Grimm ein, eine politisch couragierte Tat, für die sie sich fast mit ihrem Schwager Savigny überwarf. Er, der Arnims Vertrauter, Vormund ihrer Kinder und Justizminister war, sagte enttäuscht: «Deine Briefe lauten fast wie Abschiedsbriefe aller Freundschaft.» Ihr aber ging es, wie Achim auch, um Gerechtigkeit. Eine liberale Reformerin, wandte sie sich mit ihren (durch Humboldt übermittelten) Vorstellungen direkt an den König – den persönlich zu sehen sie vermied. Sie kämpfte gegen eine undemokratische Rechtsprechung, als sie sich bei Friedrich Wilhelm IV. für die Begnadigung des Attentäters Tschech einsetzte (der dennoch hingerichtet wurde), Partei ergriff für die sozialen Forderungen des oppositionellen Fabrikanten Schloeffel (der freigelassen wurde) und für den radikalen Demokraten Kinkel (der sich der Verurteilung durch Flucht entzog).

Sie sah die Revolution, die 1848 erfolgte, früh voraus, kämpfte für die Verfassung und die «freie Entwicklung aller» und setzte sich 1849 für das unterdrückte Polen ein. Sie verwandte sich für eine Reform von Strafvollzug und Gefängniswesen, gegen Todesstrafe und Hinrichtung und riskierte eine Verhaftung, als sie das Material zur Lage der Notleidenden, das ein junger Schweizer namens Grunholzer für sie recherchiert hatte, in ihr *Königsbuch* aufnahm. Arnim war es, der ihr als erster über die Armenkolonie im sogenannten Vogtland vor den Toren Berlins berichtet hatte; seine sozialen und pädagogischen Anliegen, die auch die Zustände der Gefängnisse betrafen, setzte Bettina fort. Die Veröffentlichung des *Armenbuches* wurde durch den vom preußischen Militär niedergeschlagenen Aufstand der schlesischen Weber und die radikal verschärften Zensurmaßnahmen verhindert;

Eine nachdenkliche, zugleich selbstbewußte Frau: Bettina zwei Jahre nach Arnims Tod. Der Maler Sebastian Hensel, mit Fanny Mendelssohn verheiratet und mit den Arnims seit langem befreundet, porträtierte Bettina, während sie an *Goethes Briefwechsel mit einem Kinde* arbeitete. Als Devise schrieb sie unter das Blatt: «Anführer sei mir stets ein Gott und nie ein Mensch.»

sie, die aus geringerem Anlaß bereits zu zwei Monaten Haft verurteilt worden war, hätte sich damit der Strafverfolgung ausgesetzt.

Mit Wilhelm Grimm hatte Bettina die Herausgabe von Arnims Werken vereinbart. Als das Vorhaben sich verzögerte, mahnte Clemens: «Aber Bettine! – vergiß den guten, armen Arnim nicht, nimm seine Briefe und Papiere auch vor – du kannst so schön schreiben, ordne alles und stifte ihm auch ein Monument – er war am Ende doch edler gegen dich als Goethe, da dieser dich abwies.» Bettina war anderer Meinung. Die Briefe von Goethe und Clemens Brentano, von Caroline von Günderode und Philipp Nathusius gab sie heraus – Arnims Briefe nicht. Bei ihm ging es ihr immer um das poetische Werk. Beim Ordnen des umfangreichen Nachlasses half ihr Varnhagen, der in sein Tagebuch notierte: «Nachmittags kam Frau Bettina von Arnim angefahren, mit einem großen Waschkorb voll Papieren, den ihr Bedienter herauftrug, lauter Poesien von Achim von Arnim. Keine geringe Aufgabe, das zu sichten und zu ordnen.» Arnims Werke sind (von 1839 bis 1856) in zweiundzwanzig Bänden erschienen. Einzelne Erzählungen und den größten Teil der zweitausend Gedichte hat Bettina zum erstenmal veröffentlicht.

Nie zuvor hatte sie sich eigentlich als Schriftstellerin betrachtet – nach Arnims Tod wurde das Schreiben ihr Lebensinhalt. Dabei bewies sie die Fähigkeit, emotional erfahrene Erlebnisse mit einem kritisch analysierenden Blick für die herrschenden Verhältnisse zu verbinden. Nacheinander erschienen *Goethes Briefwechsel mit einem Kinde* (1835), *Die Günderode* (1840), *Dies Buch gehört dem König* (1843) und *Clemens Brentanos Frühlingskranz* (1844), gewidmet ihrem Lieblingsbruder, der, nachdem ihre Beziehung die Höhen innigen Jugendvertrauens und die Tiefen erschütternden Unverständnisses durchlaufen hatte, ihr schließlich das Geständnis machte: «Ich habe Dich von je mehr als irgend jemand verstanden... und weil ich Dich liebte, war immer ein tragischer Zug in meiner Neigung zu Dir und ist es noch.»

Bettina zog aus der Dorotheenstraße, wo die Erinnerung an Arnim sie quälte, in den ersten Stock des Palais Raczynski, Unter den Linden 21. Seit Arnims Tod besaß sie Verfügungsrecht über das Vermögen; Wiepersdorf, zunächst verpachtet, ging an den ältesten Sohn Freimund über, und wenn ihr auch finanziell Schranken gesetzt waren (worüber sie mit dem anspruchsvollen Siegmund in Streit geriet), konnte sie nun wenigstens nach eigener Entscheidung wirtschaften. Ihr Haus wurde bald zum Treffpunkt des geistigen Berlin. Einer ihrer Besucher, Eduard Wiß, spricht von der Eleganz ihrer Räume, die mit antiken Büsten, dem Porträt der Großmutter Sophie von La Roche, Kopien Schinkelscher Reliefs und ihrem Goethe-Denkmal ausgestattet waren.

Ihr Salon, betont Max Ring, zeichnete sich durch eine seltene Toleranz aus. «Bettine liebte nämlich die verschiedensten, oft schroff einander gegenüberstehenden Elemente um sich zu versammeln und hatte ihre Freude daran, je schärfer die Geister aufeinander platzten.» Sie hatte das Glück, mit ihren Töchtern die Reisen zu unternehmen, die sie mit Arnim nie gemacht hatte: nach Gastein, Salzburg und München, wo sie, inzwischen eine gefeierte Autorin, auch Max von Freyberg wiedersah, der die Freundschaft gern erneuert hätte. Doch die unterschiedlichen Lebensauffassungen des stockkonservativen Staatsbeamten und der liberalen Schriftstellerin hatten sich zu weit voneinander entfernt.

Das Goethebuch, zu einem Zeitpunkt erschienen, da Oppositionelle wie Gutzkow, Börne und Heine, die Vorhut des «Jungen Deutschland», sich mit der Verfasserin solidarisierten, brachte ihr ungeahnten Ruhm ein. Bewunderer aus aller Welt, Turgenjew, Bakunin, George Sand meldeten sich bei der Autorin, die selbstbewußt behauptete: «Daß dieses Buch etwas Außerordentliches ist, was in diesem Jahrhundert... kein gleiches finden wird, ist meine wahre Meinung...»

War die Erfüllung eingetreten, auf die sie so rastlos hingearbeitet hatte? Im Vorwort zu Arnims Werken hebt Wilhelm Grimm hervor, der Dichter habe sich nie mit «Buhlerei nach Beifall befleckt». Richtete sich diese Bemerkung gegen Bettina, die «nach Beifall buhlte»? Man verspottete ihren «Unsterblichkeitswahn», mit dem sie sich an Goethe gedrängt habe, bis er «das Kind» vor die Tür setzte. Ihm klagte Bettina noch in ihrem letzten Brief, unverändert liebend und Liebe begehrend: «Mein Geschick ist tragisch... Kennst Du mich denn gar nicht mehr?» Goethe erhielt ihren Brief im März 1832, eine Woche vor seinem Tod. Im *Tagebuch*, dem letzten Teil des Goethebuches, schildert Bettina, wie sie unvorbereitet nachts um eins in der Zeitung auf Goethes Todesanzeige stieß, und die Gefühle, die sie bei Arnims Tod nicht äußerte, spricht sie jetzt aus: «Die Welt leer, die Triften öde, denn gewiß ist's, daß Dein Fuß hier nicht mehr wandert... O Goethe!... Die Küsse, die Seufzer, Tränen und Lächeln jagen und necken einander nicht mehr...» Im *Tagebuch* unterstreicht sie diejenigen Worte Goethes, die ihr Leitmotiv waren: *Unsterblich sein, um nach dem Tode tausendfach in jedem Busen zu erwachen...*

Sie hatte das Unglück, die besten Freunde sterben zu sehen. Im gleichen Jahr wie Arnim erlag Gneisenau der Cholera. Es starb die Freundin Amalie von Helvig, und ein halbes Jahr nach Arnim erlitt unter Qualen, die auf Krebs schließen lassen, die noch jugendliche Auguste von Schwinck den Tod. 1833 wurde zum Todesjahr von Rahel Varnhagen, bei der Bettina es als eine der wenigen Getreuen bis zuletzt aushielt, in der Sterbenacht saß sie an ihrem Bett. Schmerzlicher noch war ihr der Tod Schleiermachers, an dessen Sarg sie die

Ihre letzten Lebensjahre verbrachte Bettina in ihrer Wohnung In den Zelten 5, wo sie einen liberalen Salon führte: bei ihr verkehrten Demokraten und «fragwürdige Gestalten von Literaten und Republikanern», wie ihre älteste Tochter bemerkte; in den Räumen der Töchter trafen sich Aristokraten und Freunde vom königlichen Hof.

Totenwache hielt. Nun habe sie keinen Freund mehr in Berlin, sagte sie zu Pückler, «und vielleicht auch keinen mehr in der Welt».

1835 war das Jahr, in dem ihr achtzehnjähriger Sohn Kühnemund bei einem Schwimmunfall tödlich verunglückte. Zur gleichen Zeit starb auch Savignys einzige Tochter, bei deren Taufe Arnim und sie sich um ein Haar getrennt hätten. Davon berichtete Bettina ihren Töchtern, die beim Tod des Vaters in Frankfurt waren und nur seinen letzten Brief noch bewahrten: «Liebe Max, liebe Armgart! Denkt Euch einen Tisch, und darauf einen großen Kirschkuchen, und umher den Vater mit seinen vier Söhnen... so habt ihr ein Bild aus Wiepersdorf» – geschrieben ein halbes Jahr vor seinem Tod. In Wiepersdorf verbrachte die Familie, öfter als zu Arnims Lebzeiten, gemeinsam die Sommermonate.

Wenn Bettina den Kindern von Arnim erzählte, verschwanden die Mißhelligkeiten und Kontroversen, als wären sie nie gewesen. Vor ihrem Blick entstand das Idealbild, wie sie es geliebt hatte. Sie schilderte die erste Begegnung, als sie, die Siebzehnjährige, «von kleiner, zarter Gestalt, einem Reichtum schwarzer Locken und unergründlich dunklen Augen», Clemens durch die Tür treten sah, hinter ihm einen blonden Studenten «von hohem Wuchs und auffallend männlicher Schönheit, mit klarem, festem, heiterem Blick, eine Lichtgestalt...». Arnims Porträt hing in ihrem Zimmer, sie führte die Kinder davor: «Da – schaut euch *den* an! Das ist ein Antlitz! Alle anderen haben ja nur Gesichter!»

In Berlin zu einer «Institution», einer nicht nur geschätzten, sondern auch gefürchteten Berühmtheit geworden, lernte sie Johannes Brahms kennen, der der imponierenden Frau sein Liederheft op. 3 widmete. Sie befreundete sich 1853 mit Clara und Robert Schumann, und es war Bettina – nicht Clara –, die den geisteskranken Komponisten in der Irrenanstalt Endenich besuchte und um eine angemessene Behandlung des genialen Künstlers bat. Schumann hat sein letztes Werk für Klavier, fünf «Gesänge der Frühe» nach Hölderlin, *der hohen Dichterin Bettina zugeeignet* und ihr für den Besuch gedankt, bevor er in seiner einsamen Zelle zugrunde ging.

Wie ungebrochen ihre Energie und Vitalität waren, belegt ein Brief der Fünfundfünfzigjährigen an den Literaturkritiker Adolf Stahr: «Am 15. Februar (1840) gehe ich nach Berlin, um dort meine Kinder bei Hof vorzustellen, mein Buch drucken zu lassen, meine Zeichnungen zu korrigieren, sie stechen zu lassen, Musikalien zu revidieren, eine französische Übersetzung meiner *Goethebriefe* zu fördern. Eins wird das andre verschlingen.»

Die Erscheinung der Sechzigjährigen wird von Jakob Burkhardt mit Bewunderung registriert; ihr Kopf sei «wunderbar interessant wie selten ein weiblicher Kopf, schöne, echte kastanienbraune Locken, die braunsten, wundersamsten Augen, die mir noch vorgekommen sind. Sie trug ein dunkelviolettes seidenes Kleid und drüber einen hellmeergrünen Shawl...» Noch einmal fuhr Bettina nach Weimar, wohnte im «Elephanten», hörte Franz Liszt spielen und spazierte mit ihrem Schwiegersohn Herman Grimm durch Goethes Garten. 1856 erlitt sie in ihrer letzten Wohnung In den Zelten 5, wo eben Maxe mit ihren kleinen Kindern einzog, einen zweiten Schlaganfall, von dem sie sich, obgleich rechtsseitig gelähmt, in Teplitz noch einmal erstaunlich erholte, nur «das Gehen fiel ihr schwer». Wenn aber Musik im Hause erklang, Brahms' Freund, der Geiger Joachim, mit seinem Quartett ein Beethovenkonzert für sie gab, lauschte sie mit verklärtem Gesicht den Tönen im Saal.

Die Schwäche nahm nach Varnhagens Tod – er überlebte Rahel um fünfundzwanzig Jahre – sichtlich zu. Sie wurde immer stiller, sprach wenig, und nur wenn vom Zwillingsgestirn ihres Lebens, von Goethe und Arnim die Rede war, lächelte sie. Im Januar 1859 waren bis auf Freimund, der nicht rechtzeitig eintraf, alle Kinder um sie versammelt, auch die hochschwangere Maximiliane, die danach einen Zusammenbruch erlitt. Bettina von Arnim starb am 20. Januar 1859, dreiundsiebzig Jahre alt. «Kein Wort der Klage kam über der Mutter Lippen», schreibt Maxe. «Wir hatten sie so gebettet, daß ihr Blick auf die Goethebüste fiel, und das Bild unseres Vaters ihr vor Augen gestellt. Immer schaute sie von einem zum anderen...»

Literaturhinweise

Quellen:
Unveröffentlichte Handschriften von Arnim und Bettina im Goethe-Schiller-Archiv, Stiftung Weimarer Klassik, Weimar.

Achim und Bettina in ihren Briefen. Der Briefwechsel, hg. von Werner Vordtriede. 2 Bde. Frankfurt 1961

Bettine und Arnim. Briefe der Freundschaft und Liebe, hg. von Otto Betz und Veronika Straub, 2 Bde. Frankfurt 1987

Achim von Arnim. Sämtliche Werke in 22 Bänden, hg. von Wilhelm Grimm. Berlin 1839–1856

Achim von Arnim. Werke in 6 Bänden, hg. von R. Burwick, J. Knaack, P. M. Lützeler, R. Moering, U. Ricklefs und H. F. Weiss. Frankfurt 1994

Achim von Arnim und die ihm nahe standen. Bd. I: A. v. A. u. Clemens Brentano, Bd. II: A. v. A. u. Bettina Brentano. Bearb. v. Reinhold Steig. Stuttgart 1894/1913

Arnims Briefe an Savigny (1803–1831), mit weiteren Quellen im Anhang, hg. von Heinz Härtl. Weimar 1982

Die Andacht zum Menschenbild. Unbekannte Briefe von Bettine Brentano, hg. v. W. Schellberg und F. Fuchs, Jena 1942

Bettina von Arnim. Werke und Briefe in fünf Bänden, hg. von G. Konrad und (Bd. V) J. Müller. Frechen/Köln 1959/1961

Bettine von Armim, Werke und Briefe, hg. von Walter Schmitz und Sibylle von Steinsdorff. 4 Bde. Frankfurt 1986 ff. (Darin: Clemens Brentano's Friihlingskranz. Die Günderode. Goethe's Briefwechsel mit einem Kinde. Dies Buch gehört dem König. Armenbuch. Ilius Pamphilius und die Ambrosia. Polenbroschüre. Petöfi-Ode.)

«Ist Dir bange vor meiner Liebe». Bettina von Arnims Briefwechsel mit Philipp Hössli, neben dessen Gegenbriefen und Tagebuchnotizen, hg. von Kurt Wanner, Frankfurt 1996

Der Briefwechsel zwischen Bettine Brentano und Max Prokop von Freyberg, hg. von Sibylle von Steinsdorff, Berlin/New York 1972

Lebe der Liebe und liebe das Leben. Der Briefwechsel von Clemens Brentano und Sophie Mereau, hg. von Dagmar von Gersdorff. Frankfurt 1981

Wilhelm und Caroline von Humboldt, Briefe, hg. von Anna von Sydow, Bd. 1–7, Berlin 1907–1916

Konstanze Bäumer/Hartwig Schultz: Bettine von Arnim. Stuttgart/Weimar 1995

Fritz Böttger: Bettina von Arnim. Ein Leben zwischen Tag und Traum. Berlin 1986

Roswitha Burwick: Dichtung und Malerei bei Achim von Arnim. Berlin/New York 1989

Ingeborg Drewitz: Bettine von Arnim. Romantik – Revolution – Utopie. München 1969

Klaus Günzel: Die Brentanos. Eine deutsche Familiengeschichte. Zürich 1993

Heinz Härtl und Hartwig Schultz (Hg.): Die Erfahrung anderer Länder. Beiträge eines Wiepersdorfer Kolloquiums zu Achim und Bettina von Arnim. Berlin/New York 1994

Helmut Hirsch: Bettine von Arnim in Selbstzeugnissen und Bilddokumenten. Reinbek 1987

Helene M. Kastinger-Riley: Achim von Arnim in Selbstzeugnissen und Bilddokumenten. Reinbek 1979

Eckart Kleßmann: Christiane. Goethes Geliebte und Gefährtin. Frankfurt 1995

Malla Montgomery-Silfverstolpe: Das romantische Deutschland. Reisejournal einer Schwedin (1825–1826). Leipzig 1913

Grenzgänge. Studien zu L. Achim von Arnim, hg. von Michael Andermatt. Bonn 1994

«Sie sassen und tranken am Teetisch» – Anfänge und Blütezeit der Berliner Salons 1789–1871, hg. von Rolf Strube. München 1991

Gerhard Schulz (Hg.): Die deutsche Literatur zwischen Französischer Revolution und Restauration 1789–1830. München 1996

Neue Tendenzen der Arnimforschung, hg. von Roswitha Burwick und Bernd Fischer. Frankfurt/New York 1990 (mit Sekundärliteratur)

Bildnachweis

Archiv Dagmar von Gersdorff, Berlin Seite 41, 61 und 97.
Ursula Edelmann, Frankfurt am Main Seite 45, 65 und 175.

Archiv für Kunst und Geschichte, Berlin Seite 15, 17, 22, 37, 70, 73, 85 beide Abb., 107, 117, 133, 145, 157, 165 beide Abb., 191 und 195.

Freies Deutsches Hochstift, Frankfurt am Main Seite 101 und 183.

Personenregister

Lebensläufe

Nancy B. Reich
Clara Schumann *Romantik als Schicksal. Eine Biographie*
(rororo 13304)
«Das bisher wichtigste und einsichtigste Buch über die Frau und die Musikerin Clara Schumann.»
Darmstädter Echo

Serge Bramly
Leonardo da Vinci
Eine Biographie
(rororo 13706)
Serge Bramly erzählt faszinierend das rastlose und extravagante Leben dieses wohl letzten Universalgenies.

Irving Stone
Vincent van Gogh *Ein Leben in Leidenschaft*
(rororo 11099)
Michelangelo
Biographischer Roman
(rororo 22229)
Der Seele dunkle Pfade
Ein Roman um Sigmund Freud
(rororo 23004)

Nicholas Shakespeare
Bruce Chatwin
Eine Biographie
(rororo 2318)

Erika Mann
Mein Vater, der Zauberer
Herausgegeben von Irmela von der Lühe und Uwe Naumann
(rororo 22282)
Die Geschichte dieser außergewöhnlichen Vater-Tochter-Beziehung wird in diesem Band nachgezeichnet. Mit zahlreichen Essays, Interviews und Briefen.

rororo Biographien

Kenneth S. Lynn
Hemingway
Eine Biographie
(rororo 13032)

Judith Thurman
Tania Blixen
Ihr Leben und Werk
(rororo 13007)

Ein Gesamtverzeichnis aller lieferbaren Titel der *Rowohlt Verlage, Rowohlt · Berlin, Wunderlich* und *Wunderlich Taschenbuch* finden Sie in der **Rowohlt Revue**. Vierteljährlich neu. Kostenlos in Ihrer Buchhandlung oder im **Internet: www.rowohlt.de**

3285/10